CW00530292

ET Scrittori

Marco Balzano
Il figlio del figlio

Einaudi

Edizione pubblicata in accordo con
Piergiorgio Nicolazzini Literary Agency (PNLA)

© 2022 Giulio Einaudi editore s.p.a., Torino

www.einaudi.it

ISBN 978-88-06-25318-9

Il figlio del figlio

Alla memoria dei miei nonni,
custodi dell'infanzia

Ma anch'io, cos'era la strada che cercavo se non la stessa di mio padre scavata nel folto d'un'altra estraneità.

ITALO CALVINO, *La strada di San Giovanni*

Non era stato un anno facile. E non solo perché gli anni facili non esistono. La mia famiglia non riusciva a capire come mai questa storia dello studio non finisse piú e non portasse a un bel niente. Pesava a mia madre e mio padre che loro figlio continuasse a studiare «senza diventare mai uomo», che significa avere un lavoro. E dal momento che studiare non è un lavoro, era ovvio che io restavo ancora un ragazzo piú o meno spensierato.

I miei erano assolutamente sicuri di questo. Era una convinzione che apparteneva a molti della loro età, e di condividere in casa la mia stanchezza, che invece era proprio quella di un uomo, non c'era alcun modo.

Non aiutava poi il fatto che a me studiare piaceva. Il tempo passato in casa a leggere, o addirittura a scrivere, era la dimostrazione che io a fare l'eterno studente ci sguazzavo come una papera nello stagno, senza avvertire quel bisogno di indipendenza che invece loro avevano sentito fin dalla prima giovinezza.

– Io ho iniziato a quattordici anni e tuo padre a quindici! Tutti e due ce ne siamo venuti a Milano senza genitori! – si lagnava mia madre, quasi che fossi responsabile oltre che del mio ritardo anche delle loro precocità. Io di anni ne avevo ventisei.

Il nonno, invece, sembrava capire meglio. – Se volevi fare il ladro arrivavi prima... –, cosí mi sfotteva quando

gli dicevo che adesso, finita anche la scuola di specializza-
zione, mi mancava chissà quanto per diventare insegnante
di ruolo. Per «lavorare in pianta stabile», come diceva lui.
Bofonchiando quelle parole appoggiato al bracciolo del divano, mi sembrava infatti non tanto che desse del fannul-
lone a me, ma che se la prendesse piuttosto con tutti quei
«farabutti che hanno inventato queste diavolerie di laure
specialità e master che servono solo a sfasciare le famiglie
e a farti passare la voglia di faticare prima che inizi!»

E in effetti la paura di aver fatto tutto questo e di sco-
prire poi che quel mestiere non faceva per me era iniziata
a crescere. Si affacciava anche nel sonno. Del resto era vero, chi aveva mai insegnato? Fare questo lavoro significa
fidarsi solo di un'intuizione.

Quando raccontavo al nonno queste faccende lui sorrideva, come al solito senza scomporre quel suo grande corpo da guerriero, aprendo appena le labbra e rimpicciolen-
do a fessura gli occhi d'acquamarina.

In quel periodo passavo con lui interi pomeriggi, quasi
fossi tornato bambino, quando ogni giorno, fino all'arrivo
di mia madre dal lavoro, i miei veri genitori erano loro, il
nonno e la nonna. Nonna Anna, con le mani sempre pronte a soffiarmi il naso e ad attraversarmi i ricci; e nonno
Leonardo, che mi sembrava ancora, a più di ottant'anni,
un gigante pieno di forze nonostante il volto fiaccato dalla tosse asmatica, le rughe che gli squadravano in tavola
pitagorica la fronte, le labbra strette che non sprecavano
parole. Erano loro due che mi cambiavano la maglietta se
ero sudato, che mi obbligavano a fare i compiti e a inter-
romperli alle quattro per fare merenda. Loro che mi facevano preparare la cartella e mettere le cose in ordine dieci
minuti prima che arrivasse mia madre.

In quel mese di giugno caldo e senza vento avevo ripreso a passare dal nonno, in verità perché mi sentivo solo. Non che amici me ne mancassero, ne avevo sempre avuti e poi c'erano quei due o tre su cui potevo contare sul serio, che sapevano di me paure e debolezze senza prendersene gioco.

Ma lo smarrimento di quell'estate era una cosa nuova. Chi non aveva fatto l'università già lavorava da anni, era fidanzato e pensava a fare passi che io nemmeno immaginavo. Dei miei compagni di corso ero stato il piú veloce e loro li avevo lasciati nei chiostri e nelle biblioteche a continuare i pomeriggi tra chiacchiere, sigarette, letture. Invece a me il mondo dell'università era diventato di colpo distante, forse perché era venuta fuori quella stanchezza di uomo che i miei non mi volevano riconoscere, forse perché era normale che venisse a noia un posto come quello, dove l'aria è sempre vecchia.

E poi le prime supplenze. Gli ingressi in classe impacciato in giacca e camicia che speravo mi dessero piú autorità, l'impatto con studenti spesso piú alti e grossi di me, la luce che dalle tende si sfrangiava sulle loro facce già cosí diverse dalla mia. Ma di tutto questo non riuscivo a dire niente. Rimanevo zitto, convinto che fossero solo pensieri miei, che gli altri non avrebbero capito. Insomma, non ne volevo a nessuno ma preferivo starmene da solo, incrociare la sera questo o quell'altro per bermi una birra e tirare tardi tra battute e discorsi di politica.

Di pomeriggio il nonno mi vedeva arrivare dalla finestra. Io mi sbracciavo lasciando il manubrio della bici e di risposta gli vedevo alzare la testa e accennare un sorriso breve. Il tempo di legare la bicicletta che lui arrivava al citofono, cosí davanti al portone non serviva suonare.

– Hai fatto il pennico, Nonò?

– Solo poco perché era caldo.

– Facciamo un giro?

– Lontano o vicino?

– Oggi, se vuoi, andiamo lontano.

Andare vicino significa arrivare fino al campo di pannocchie che c'è ancora dietro casa dei nonni. Vuol dire percorrere una strada dritta poco trafficata, poi tutta via Andrea Costa, superare il benzinaio della Esso e infilarsi in una serie di stradine tutte curve coi nomi dei musicisti. Al campo, vent'anni fa, io e il carrozzone di cugini con cui sono cresciuto buttavamo per terra le biciclette e aspettavamo che il nonno arrivasse coi gelati. Facevamo merenda tutti insieme, seduti davanti al primo filare di pannocchie che gettava un gran ventaglio d'ombra. Anche il nonno, dopo essersi tirato su i pantaloni di fustagno, si sedeva per terra con noi, al fresco. Mentre mangiavamo raccontava una storia oppure chiedeva a turno come era andata la scuola, o certe volte di recitargli una poesia, visto che a lui piacevano parecchio, soprattutto quelle con le rime.

Fu per divertire il nonno che ne imparai moltissime fin dalle elementari. Mi sembrava di conquistarmi di piú la sua complicità e la sua protezione forzuta, cosí, recitandogli quei versi di cui forse nemmeno intendeva il senso, trasportato com'era dalla parola che si fa musica.

Ma per noi era piú emozionante quand'era lui a raccontare. A dirci a bassa voce di quand'era in guerra, dove ci si lavava con l'acqua sporca e i denti guasti si strappavano col coltello, dove si stava senza mangiare anche per due giorni e si camminava per chilometri nei boschi col compagno ferito portato a sacco di patate sulla spalla.

A me da piccolo quei racconti sembravano le gesta di un campione. Tutto travisavo nella mitizzazione dell'eroe. Dopo, nel tempo, ne avrei avuto ben altro interesse ma sempre lo stesso piacere a sentirlo parlare in quella sua miscela di dialetto pugliese tradotto alla lettera in italiano, che per lui era una lingua che entrava in casa il mattino insieme ai nipoti e se ne andava con loro la sera.

Per andare e tornare dal campo di pannocchie si pedala per tre chilometri. Questo vuol dire andare vicino.

Andare lontano è invece tutt'altra cosa, e da piccoli era un vero evento. Innanzi tutto il nonno andava lontano con un nipote per volta e con una bicicletta sola, la sua, quella che gli avevano regalato i compagni della Montecatini quand'era andato in pensione, già col sellino doppio, sapendo che si sarebbe dedicato a tutta quella figliolanza.

Sarò andato lontano cinque o sei volte, arrivando sempre in posti che mi sembravano straordinari e in cui anni dopo sarei passato distratto, quasi senza ricordare. L'Accademia di Brera, lo stadio di San Siro e l'ippodromo, il Castello Sforzesco, l'arco della Pace...

Stavo sul sellino abbracciato al nonno che ogni tanto allungava la mano e mi dava due pacche sul fianco chiedendo «stai bene?», che voleva dire «sei comodo?» Si andava in silenzio ascoltando il vento e guardando le macchine che ci superavano. Solo bisognava essere pronti alle richieste del ciclista: «metti la freccia», oppure «piegati un poco di qua!», perché lo assecondassi col corpo mentre curvava.

Appena arrivato ero subito rapito da un senso di distanza da casa che non percepivo andando, protetto com'ero dalla schiena del nonno che copriva il mondo. Mi elettrizzava l'idea che non avremmo fatto in tempo a tornare per il rientro della mamma, che certo si sarebbe preoccupata per me pensandomi lontano in un posto che non sapeva. Mi sarebbe venuto a prendere in macchina mio padre all'ora di cena e nessuno mi avrebbe sgridato perché ero stato col nonno.

Una volta arrivati lontano, poi, acquistavo un'importanza che nel viaggio non avevo. Diventavo anche io guida, perché gli leggevo passeggiando ogni insegna di negozio, ogni cartellone pubblicitario.

Nonno Leonardo, infatti, era analfabeta. Ma anche questo a me da piccolo sembrava solo motivo di scherzo, e mi rimaneva lontana ogni considerazione sulla sua vita e sulla differenza tra la mia e la sua storia, disseminata di privazioni e sacrifici già sconosciuti a mio padre.

Solo piú tardi capii il dolore che doveva provare non riuscendo a interpretare quei segni di cui era zeppa la città. Adesso mi vergogno ricordando che gli mettevamo sotto il naso i nostri quaderni che lui faceva finta di saperci controllare, mentre se un bambino sapesse penetrare lo sguardo di un vecchio avrebbe notato lo smarrimento sulla sua faccia, sul contorno degli occhi d'acquamarina che si contraevano nello sforzo di decifrare.

Quel suo dolore – l'unico che gli suscitasse imbarazzo e vergogna – mi restò estraneo fino a che nonna Anna, un pomeriggio in cui il nonno faceva il pennico (cosí loro due chiamavano la siesta dopo pranzo e cosí imparammo a chiamarla noi nipoti), mi raccontò che l'analfabetismo di suo marito fu anche per lei scoperta tarda. Per tutto il fidanzamento infatti il nonno riuscí a mentirle, dicendole con tono di sufficienza che aveva frequentato la scuola fino alla terza elementare, ossia che sapeva non solo leggere e scrivere, ma anche far bene di conto. Niente male per un contadino orfano di padre fin dai primi anni. Sesto di otto figli.

Con grande destrezza nonno Leonardo riuscí per un anno a evitare tutte le occasioni di lettura – poche in verità –

che capitavano quando passava a salutare la fidanzata dopo il lavoro. In casa della nonna girava ogni tanto un giornale, un gazzettino che arrivava da non si sa quale bottega e che riportava i fatti essenziali del giorno. Glielo lasciava sul davanzale, tra i vasi di basilico, la vicina nel primo pomeriggio, e nonna Anna a sua volta lo portava verso sera all'altra vicina, moglie di un contadino a cui la carta riusciva utile piú per fasciare la frutta da vendere che per informarsi. Quando la nonna lo sfogliava per commentarlo, il nonno faceva sí con la testa come un sapientone e le rispondeva che lo aveva già letto il giornale, e anzi proprio quel gazzettino, che un suo compagno ritirava ogni mattina dal fratello giornalaio. Nonna Anna finí cosí per considerare il suo futuro marito anche attento e scrupoloso lettore.

A questo punto restava un dubbio solo. Mai però, per paura di offenderlo, trovò il coraggio di mettergli la penna in mano. Aspettò il giorno del matrimonio. Ma qui il nonno ne uscí, se possibile, ancora piú brillantemente. Quando il prete chiese di apporre la firma sul registro lui scrisse il suo nome perfino ornandolo di ghirigori calligrafici.

Per confessare aspettò il viaggio di nozze, che a quei tempi per chi non era ricco voleva dire andare qualche giorno a trovare i parenti. Sulla carrozza vuota del treno che li portava a Napoli le spiegò, in lingua italiana, di sentire ancora un certo fastidio a un dito perché aveva passato le ultime sere con un tale Saverio – figlio di un contadino che lavorava con lui – a imparare a fare questa maledetta firma, che oltre a un principio di artrite gli costò tanto tempo d'esercizio e non poche bestemmie, poi prontamente espiate nella confessione prematrimoniale.

– Che significa? – chiese la nonna che ancora non capiva.

– Che ti sei presa un analfabeta bugiardo, – rispose il nonno afferrandole la mano.

Lei rimase sulle prime ammutolita. – E chi te l'ha fatta fare questa cosa, Leò?

– Ancora piú dell'amore la paura, – rispose timido il nonno. – Tu tieni addirittura la quinta elementare, magari volevi uno piú di cultura... – aggiunse stringendole piú forte la mano.

Era un uomo tenace, anche quando doveva nascondere le sue mancanze piú squallide. Si vergognava di certi momenti della sua storia, inzuppata di miseria come lo sono le storie dei cafoni, a volte costretti addirittura a diventare emigranti inurbati. Gli unici che secondo lui potevano capirlo fino in fondo erano gli amici. I compagni che avevano conosciuto la sua stessa miseria e che possedevano la dote straordinaria che hanno a volte gli ignoranti, quella di non stizzirsi di fronte a chi è piú in basso di loro. Possedeva un grande senso dell'amicizia nonno Leonardo. Pensava che erano solo i maschi che avevano lavorato la terra o che si erano guadagnati da vivere in mare a poterlo conoscere davvero. Loro con cui ci si poteva misurare a parole e cazzotti, senza mai fingersi altro. Alcuni erano stati cosí importanti che li lasciò giú a Barletta, la città dove era nato e vissuto per quarant'anni, con quella parte di sé che in molti affiora solo con i compagni di lavoro o di brigata. Nessuno che lo incontrò qui avrà mai potuto ripescare in lui quella fiducia e quell'ironia che l'amicizia vera sa infondere e che si riversa poi su tutto l'altro tempo della vita. Alla Montecatini non aveva avuto amici, almeno come li intendeva lui, quelli con cui in vecchiaia ci si ritrova ogni sera in piazza o alla sezione del partito a giocare a tressette. E poi con la pensione ognuno si era ritirato nella propria indolenza di vecchio. Casa e nipoti, nient'altro.

Cosí decidemmo di andare lontano. E siccome ormai non ero piú Nicolino ma il professore Nicola Russo, si poteva andare ognuno con la propria bici.

Quel giorno fu una pedalata lunga piú del solito, lenta e silenziosa, tutta viuzze che sembravano attaccare solo qualche stradetta di paese. Ogni tanto nonno Leonardo mi chiedeva di guardare dove puntava il dito. Indicava gli orti sul ciglio della strada raccontando che questo o quel signore gli regalavano da anni cespi di insalata.

Da quando era arrivato a Milano e si era dovuto cambiare da contadino in operaio specializzato era lo stesso andato a cercarsi conoscenze che gli richiamassero la terra e la campagna.

– Come fai a conoscerli tutti? – gli chiesi.

– Li vado ad aiutare.

– Cioè?

– Mentre lavorano mi metto con la bicicletta davanti all'orto, faccio due complimenti, distribuisco consigli... e quelli mi fanno entrare. Pochi sono capaci a far crescere le piante come Dio comanda. Quello lí, lo vedi? gli ho ripiantato tutti gli zucchini. Certi sono asini pure a tenere la zappa, – disse soddisfatto indicando un punto tra tanti.

– Ti intrufoli, quindi.

– Che significa?

– Vuol dire che hai un piano preciso per entrare dove vuoi tu.

– Eh sí! – gridò ridendo. – È bello avere un pezzo di terra, ti fa passare il tempo. Poi qui non è come giú, il problema dell'acqua non esiste.

E ancora altre pedalate silenziose che iniziavano a fiaccare il respiro del nonno e che ci avvicinavano ai Navigli spuntati nel sole di metà pomeriggio.

Il Naviglio Grande era alla nostra destra. Ci sfilavano a fianco negozi di vestiti usati, di chitarre, di banchetti etnici e locali alla moda. Chissà che impressione dovevano fare al nonno che rimaneva impassibile, intento com'era a tenere a freno l'affanno.

– Le leghiamo qui le biciclette? – chiese fermandosi vicino al canale.

Avvicinò la mia alla sua e incatenò le due ruote alla ringhiera grinzosa di ruggine. Camminammo lungo l'acqua. Il nonno si guardava attorno con la fronte corrugata, segno che qualcosa non era chiaro.

– Ma perché siamo venuti proprio qua? – gli chiesi. – Ti piacciono i Navigli?

– Veramente so che piacciono a te.

– A me?

– Dici sempre che con gli amici vieni qua la sera e che vi ritirate alle quattro o alle cinque del mattino dopo. Allora ho detto, deve essere bellissimo questo Naviglio!

Mi faceva ridere. – E allora ti piacciono?

– Li avevo già visti tanti anni fa con lo zio Mauro.

Continuammo a passeggiare fino alla scaletta del ponticello che attraversa il canale. Ci fermammo lí sopra, appoggiati alla ringhiera gialla.

– Com'è sporca, – continuava a ripetere guardando il fondo.

– Tra poco devo andare con tuo padre giú a Barletta, – disse a voce bassa, fissando l'acqua stagna del Naviglio.

– Con papà? A Barletta?! – chiesi stupito. – E cosa andate a fare?

– La casa al mare è da vendere. A nessuno gliene frega piú niente. Né ai figli e né ai nipoti.

Il problema della casa di Barletta, dove la famiglia di

mio padre aveva vissuto prima di emigrare a Milano, aveva attraversato tutta la storia dei Russo ed era arrivata fino a me e ai cugini piú piccoli. Non c'era Natale o Pasqua in cui il «tavolo dei grandi» non finisse per discuterne, prima civilmente e poi a grida e pianti. Solo il nonno e mio padre volevano venderla, rassegnati che lí dentro non ci andava piú nessuno. Che era lontana e scomoda. Gli altri figli e la nonna, invece, volevano tenersela lí, stretta, come si fa con le bambole vecchie e i gioielli abbandonati nelle borse in fondo all'armadio.

Quand'ero bambino ricordo che d'estate ci passavo con mia madre e mio padre, e ancora ci trovavo il nonno e la nonna, che a giugno si trasferivano al mare portandosi dietro parte della carovana di nipoti. Io ci trascorsi insieme a mio cugino Giovanni tre estati di fila, quelle della scuola media.

Poi nel tempo iniziò a pesare il viaggio lungo, le scale di pietra alte che fiaccavano il respiro di un ragazzo, figurarsi di due vecchi, uno asmatico e l'altra che superava il quintale di peso.

Senza i nonni tutti cominciarono a organizzarsi le vacanze altrove e la casa rimase per anni con le persiane chiuse. Chi ci tornò riferí di nidi di vespe sulle cornici dei balconi, acqua nei tubi che non ne voleva sapere di scendere e decine di colombi appollaiati sul terrazzo. Tutti sapevamo che alla casa abbandonata ogni anno si staccavano pezzi e si aprivano crepe sempre piú larghe.

Quando il problema si aggravò tutti e quattro i fratelli temporeggiarono malamente, ognuno confermando che la prossima estate sarebbe andato di persona e avrebbe risolto ogni cosa. «Non è il caso di preoccuparsi», «quella casa è forte», «ne ha già passate tante…» dicevano. Di fatto nessuno si prese piú la briga di dare aria alle stanze o, peggio ancora, di passare l'estate a pulire e a spendere soldi tra muratori e idraulici, senza sapere nemmeno se gli altri avrebbero poi rimborsato la loro parte.

Quando uno dei quattro passava da Barletta ormai se ne andava da altri parenti e nemmeno si preoccupava di aprirla. Zio Mimmo e mio padre l'ultima volta buttarono un'occhiata dalla strada: si fumarono una sigaretta appoggiati al muro scrostato di fronte, da dove si vedono bene i balconi, e poi se ne andarono, riferendo alla nonna che la casa sí, in qualche modo stava bene.

Il nonno diceva in dialetto che si era scassato le palle. Per lui quell'abbandono era lo specchio dello sfascio della famiglia. E aveva ragione.

L'ultimo ad andarci ero stato io. Ormai solo uno con la testa per aria poteva decidere di passare le vacanze lí dentro. I miei disapprovarono. Il nonno pure, ma piú leggermente, convinto che sopra i vent'anni ognuno decide per sé. La nonna invece acconsentí entusiasta, davvero illusa, da se stessa ancor piú che dai resoconti dei figli, che la casa fosse come uno di quei fiori di scarpata ferroviaria che continua a profumare anche se nessuno se ne cura.

Fu un errore grossolano. Soprattutto perché ci andai con un'amica dell'università di cui mi ero innamorato. Lei mi aveva portato a vedere la sua casa sui colli di Modena, un cascinale tenuto meravigliosamente, dove gli unici spazi abbandonati erano le stalle da cui la famiglia stava ricavando altri locali da trasformare in stanze per gli ospiti. In cambio, le feci subire un viaggio infernale buttati su un espresso notturno che si fermò anche a Rogoredo e Cerignola Campagna, oltre che a tutti i semafori disseminati sulla tratta. E all'alba le aprii le porte di una casa in cui dai rubinetti non scendeva nemmeno un goccio d'acqua, con i calcinacci per terra e sugli specchi opachi, la polvere che divampava... Sulle piastrelle della cucina trovai gli adesivi di Topolino e Tom e Jerry che avevamo attaccato da piccoli. Penzolavano senza trovare la forza di cadere.

Non riuscii a dirle che la mia infanzia non era questa, che non sapeva di odore stantio né di legno ammuffito. Che dietro quelle persiane ad avere pazienza sarebbe arrivato vento di mare, fresco che nemmeno immaginava. Ma chiederle di scrostare la negligenza di tutti quegli anni era troppo. Anche per me.

Cosí i nostri giorni iniziarono e finirono in un alberghetto sulla costa, di quelli come ce n'è tanti, e la casa dell'infanzia lei non la poté conoscere. Né io rivedere.

La sola vendetta fu quella di riferire tutto senza risparmio di particolari e senza neppure le cautele per la cardiopatia della nonna. – Bisogna venderla! – dissi alzando la voce, – oppure spenderci milioni! Non possiamo tenere il nostro nome dietro una catapecchia pericolante e diventare gli zimbelli del quartiere! – Ma anche quella sfuriata era finita come tutte le altre, senza che si facesse niente.

Venivo a sapere invece che il nonno, adesso, non potendo contare sul buon senso dei figli, aveva deciso tutto da solo, imponendosi a furia di pugni sul tavolo alle grida e ai pianti scatenati di sua moglie, che senza l'idea di quella casa si sentiva una profuga. – Se qui le cose vanno male, se ci abbandonano almeno sappiamo dove tornare! Quella casa è lí, è tutta nostra! – gli gridava in dialetto sconvolta dalle lacrime.

Per lei era il pensiero piú rigenerante del mondo. Nei giorni in cui era stanca, oppressa dal vociare dei nipoti e dagli acciacchi di cui soffriva, i suoi occhi si riaccendevano quando ne parlava. Il viso si rilassava alleggerendo i solchi delle rughe: bella, pulita, i balconi pieni di vento di mare, la tavola apparecchiata con le stoviglie prese dalle vetrinette della credenza! Non era ovviamente possibile spiegarle che vendendo la casa quell'idea rimaneva intatta per i suoi viaggi immaginari. Assolutamente. Per lei doveva rimanere lí.

Mai si è saputo quali parole il nonno abbia trovato per farla stare di colpo zitta e non far ribattere una parola a nessuno dei figli.

– E quando partite? – gli chiesi mentre guardava una bancarella di cappelli e cinture.

– Tuo padre deve andare a firmare delle carte di lavoro a Potenza alla fine dell'altra settimana. Partiamo qualche giorno prima e mettiamo a posto tutto. Andiamo all'agenzia immobiliare, la mettiamo in vendita punto e basta, – si prese un cappello e se lo infilò sulla nuca calva.

– Ti dispiace, Nonò?

Sospirò pesantemente, poi disse seccato: – È quello che è. Non si può stare col pensiero che crollano i muri in testa ai cristiani.

– Be', almeno cosí torni qualche giorno giú. Sarà bello.

– Ma che dici pure tu? – gridò. – Quando si va per i problemi non è mai bello. Vuoi solo spicciarti e tornartene a casa senza stare a spiegare niente a nessuno.

Eravamo arrivati alle biciclette. Il sellino e il manubrio scottavano.

– Ti dispiace? – gli chiesi a bassa voce.

– La casa è dove stanno le persone con cui uno si è fatto la vita. E ora è qui che dobbiamo stare –. Montò sulla sella dandomi le spalle. – Certo, è meglio se la vita te la fai dove sei nato e cresciuto… È meglio quando non te ne devi andare.

Avrei voluto dirgli che non la pensavo cosí. E invece gli chiesi soltanto: – Che facciamo, rientriamo?

– Sí, s'è fatta ora, – rispose già spingendo il pedale.

Il ritorno fu lento. Sulle macchine sbatteva una luce che faceva strizzare gli occhi. Ancora entrammo in altre strade strette che sembravano non portare a niente. Vedevo il sole sparire e d'un tratto risbucare dritto in faccia da una via qualunque. Il nonno si era abbassato sulla fronte il cappello di panno color caffè comprato alla bancarella.

Per tutta la strada rimanemmo zitti. Solo vicino al campo di pannocchie, appena svoltati in via Andrea Costa, gli chiesi:

– Nonò, e se vengo anch'io?

Pedalò ancora per finire la curva, poi abbassò le labbra. – E perché chiedi a me? Io non sono tuo padre.

Davanti casa sua ci salutammo senza fermarci, alzò il braccio e mi disse: «comportati bene», che per lui vuol dire «non fare lo spericolato».

Girato l'angolo mi accesi una sigaretta e pedalai per tutta la via pensando alla casa al mare.

Quando andavamo lontano mi veniva a prendere mio padre verso le sette e mezza. Entrava in casa dei nonni senza bussare, alto e dinoccolato, con la maglietta a maniche corte o la camicia fuori dai jeans. Appariva di colpo dalla porta, coi capelli neri che gli scendevano sopra le orecchie, la fronte sgombra così uguale a quella del padre.

Io e nonno Leonardo lo aspettavamo sul divano, lui che guardava i covoni di paglia oltre la strada, io sdraiato con la testa sulle sue gambe tutto preso a sfogliare libri di figure. Certe volte mi stufavo dei libri e con la scusa di confidargli un segreto nell'orecchio prendevo di scatto a spettinargli i capelli. Lui mi gridava «farabutto!» infilzandomi pizzichi sulle cosce, facendosi sfuggire in dialetto qualche bestemmia che mischiava santi e nipoti. Pochi secondi dopo i primi schiamazzi accorreva dal balcone la nonna che a quell'ora stendeva i panni e innaffiava i gerani. Gli strillava dietro una fila di maleparole e, quando si riannodava il grembiule per tornarsene fuori, Nonò rimaneva ancora coi capelli impizzati, le mani sui fianchi e la faccia sconsolata.

Papà ci trovava così affaccendati. Lui chiamava suo padre «babbo», e così lo chiamavano tutti gli zii. Ogni due parole dicevano babbo, babbo, babbo, parola che a me sembrava assolutamente inappropriata per uno come nonno Leonardo.

Per tutto il dialogo tra i due interferiva la voce fuoricampo della nonna, che dalla cucina correggeva qualsiasi cosa dicesse il marito. Queste interruzioni portavano rapidamente alla fine della conversazione. Uno si seccava di essere contraddetto, l'altro di essere interrotto, io di stare in mezzo senza ricevere attenzioni. Cosí mio padre finiva di ripetere «babbo» e io andavo a prendere la cartella sotto il tavolo; la nonna mi baciava sulla bocca; spettinavo babbo un'ultima volta e lo lasciavo sul divano che si sbatteva le mani sui pantaloni e imprecava contro i nipoti, «tutti figli di una grandissima zoccola».

Al ritorno sulla Renault 5 color panna potevo stare davanti. Andare in macchina mi piaceva, sembrava di andare sempre lontano, ma anche veloce.

Mio padre era proprio un ragazzo e comunque lui davvero alla mia età era piú uomo di me, già indaffarato a raccattare il suo bamboccio dai nonni e impaziente di tornare dalla moglie.

Mia madre allora mi sembrava molto bella e molto ragazza, con grandi ricci rossi fin sulle spalle, la pelle di latte e gli occhi che parlavano come quelli di certe studentesse che si incrociano all'università.

Quando io avevo sette anni mio padre Riccardo ne aveva ventotto e mi è chiaro già dal ricordo che nonno Leonardo a quell'età lo considerava un uomo. Se però lui era puntuale ma discreto nel sorvegliarlo, mio padre proprio no. Ha sempre voluto controllarmi su tutto. Controllare la mia vita di scolaro delle elementari, delle medie e poi del liceo, fino a intromettersi pure negli esami dell'università, di cui, tra l'altro, lui che è solo diplomato non capiva niente. Un modo di fare che ha rovinato per tanti anni il rapporto e che ancora adesso, al minimo disaccordo, a me fa saltare i nervi e a lui chiudersi in un silenzio insopportabile.

Sí, insomma, crescendo uno come me non acquista né fiducia né libertà. Forse guadagnerò tutto in un giorno solo, mi dicevo, con l'uscita di casa e col lavoro «in pianta stabile».

Adesso le cose erano in tutto diverse. Quando andavo lontano col nonno ci andavo con la mia bici, fumavo lungo via Cimarosa e mio padre non pensava piú a venirmi a raccattare se non rientravo insieme alla mamma. A tavola non ero piú seduto in mezzo a mamma e papà, ma a lato, vicino a mia sorella Laura. Entrambi di fronte a loro. Figli da una parte, genitori dall'altra. Pronti allo scontro.

A cena adesso si parla poco. Si commentano piú che altro le notizie del telegiornale. Papà non porta piú la maglietta fuori dai jeans e nemmeno mette piú i jeans, ma solo pantaloni beige e maglioni a V coi rombi. Le orecchie sono scoperte e i capelli diradati. Mia madre sbuffa sempre, la pelle è ancora chiara ma l'occhio vivace non si vede piú. Non so se sia diventato opaco alla fine della giovinezza o con le altre disillusioni che porta il tempo.

Era cresciuto il silenzio. Un silenzio circospetto, che insinuava il dubbio che non avessimo piú un sogno in comune e che in fondo ci conoscessimo poco. Il bene che ci teneva uniti in quei secoli d'infanzia e prima adolescenza ora non lo sentivo piú.

Nemmeno c'eravamo piú trovati, io papà e il nonno, sul divano di fianco alla finestra. Ognuno aveva spazi e tempi diversi da dedicare agli altri. I miei andavano dai nonni la domenica dopo pranzo, quando mi potevo godere la casa libera e invitarci per qualche ora un'amica. Io passavo la mattina, in settimana, o piú spesso il pomeriggio dopo il pennico del nonno. Stavamo attenti a non sovrapporci per godere qualche ora d'aria in quegli spazi che si stringevano.

Eppure sarebbe stata un'immagine importante quella di tre uomini messi in riga a ricomporre il tempo. Se ne avessi la fotografia forse mio figlio un giorno la commenterebbe cosí: quello a sinistra si chiamava Leonardo. Era ancora analfabeta. È morto d'asma. Qui lo vedi seduto, ma in piedi era quasi uno e novanta. Grosso e forte come un guerriero. Era un contadino ma non aveva un pezzo di terra tutto suo, cosa che ha desiderato piú di tutte. Si è fatto la seconda guerra in Sardegna, si è sorbito un bel po' di fascismo da comunista ed è stato qualche settimana in prigione perché non ha mai preso la tessera. Il boom economico l'ha sbattuto a Milano insieme ai figli. Da contadino di pesche e ulivi è diventato operaio vicino alla Bovisa. Di fianco c'è Riccardo, il figlio. Anche lui è nato a Barletta, dove è rimasto fino a quindici anni. È venuto a Milano senza finire le superiori. Diplomato alle scuole serali, sposato e in un attimo padre. A vent'anni. Dicono che fosse molto taciturno. Era della generazione dopo la guerra. Pare che si trovasse bene a Milano e che non avesse piú voglia di tornare a casa sua, che pure era sul mare. Faceva il perito chimico. L'ultimo, questo qui, è il figlio del figlio, Nicola. Il primo a essere nato in ospedale. A essersi laureato. Non piú un campagnolo inurbato, ma un insegnante di città. Un milanese come noi.

Quando arrivai a casa erano già tutti a tavola. Il mio piatto era coperto. Andai a sedermi di fianco a Laura raccontando che avevo passato il pomeriggio col nonno. Cercai di captare qualche tradimento dalla faccia di mio padre. Niente. Arrotolava spaghetti parlando di non so che film che avrebbero dato dopo le notizie.

Come al solito non aveva detto ancora nulla della sua partenza, in modo da non attirare domande o attenzioni. Le sue comunicazioni arrivano sempre sulla porta di casa il mattino presto. «Grazia, guarda che domani vado via un paio di giorni per lavoro», «domani parto per una settimana con due colleghi dell'azienda». Allora per mia madre inizia una giornata d'inferno che si conclude con lei che fino a tardi stira in silenzio davanti alla tv.

– Perché non ti arrabbi? – le chiedo ancora oggi.

– Tanto tuo padre non lo cambi nemmeno con la pistola.

Papà sbucciava un melone giallo. Poche mosse precise e la fetta era pronta. La inforcava col coltello e la porgeva alla mamma, poi a Laura e infine a me. Mi chiese dove eravamo stati io e il nonno e se stavo mandando curriculum alle scuole private in caso le pubbliche a settembre non chiamassero. Lo esasperava il fatto che non avessi un lavoro. Dissi di sí con la testa. Non avevo piú voglia di ripetergli che tanto a lavorare nelle scuole dei preti non ci sarei comunque andato, né che avevo scelto di insegnare anche per non dover spedire curriculum in giro.

– Se a quattordici anni te ne andavi all'istituto tecnico e poi al posto di fare Lettere ti iscrivevi a qualcosa di piú utile, o meglio ancora ti cercavi un lavoro, a quest'ora non eravamo qui a fare questi discorsi… – commentava schifato, macchiando la tovaglia col succo di melone.

– È vero, dovevo iscrivermi a Economia e commercio, – gli rispondevo per farlo incazzare di piú. – A quest'ora me ne andavo in giro per Milano con la cravatta blu e una ventiquattrore piena di bigliettoni.

– Piantala di provocare, – diceva alzando gli occhi dal piatto. – Li stai spedendo i curriculum, sí o no?

Mangiai altro melone giallo senza piú parlare. Lui si alzò per andare a fumare, Laura per preparare il caffè che poi gli appoggiò sul davanzale nella sua solita tazza sbeccata.

L'immagine che ho di mio padre Riccardo dopo i jeans e la maglietta sbracata è proprio questa, lui affacciato al balcone che fuma e fissa le case basse di fronte. Sprofondato in un silenzio assoluto. Uno sguardo per niente uguale a quello di babbo, sempre pronto al commento per ogni curiosità che gli passa davanti. – Guarda quello com'è tutto spampanato! – grida quando vede qualcuno che corre trafelato. – Hai visto Nicò che bel pezzo di femminuccia che sta passando? – mi dice tirandomi per il braccio. – E tu quando te lo trovi uno di quei giocattoli? – mi sgomita tutto agitato. Finché non arriva di nuovo la nonna che gli tira pugni sulle spalle o gli morde un orecchio.

A un certo punto mio padre mi disse dal balcone: – Mi consigli un libro?

– E perché vuoi un libro?

– È tanto che non leggo.

– Io mi butterei sulla *Fenomenologia dello spirito*.

– Vai al diavolo, Nicola.

Questi sono i nostri dialoghi. Lui che parla a sproposito e io che non mi so tenere una risposta. Fino a che non si riesce piú a discutere nemmeno di un libro. Comunque in casa si sa che mio padre chiede da leggere prima di partire. Mi tenni la voglia di rispondergli per braccarlo l'indomani e dirgli tutto sulla porta.

La sveglia suonò alle sette e venti. Mi alzai di scatto e andai in bagno. Trovai mio padre che si sbarbava ascoltando la radiolina appesa vicino all'accappatoio.

– Già in piedi? – chiese con sospetto.

A dirgli «devo parlarti» sarebbe fuggito da una parte all'altra rimbalzandomi fino a sera.

– Ho tanti di quei curriculum da consegnare... – risposi sbadigliando. Mi guardò disgustato.

Aprii le persiane della stanza e l'aria fredda che mi arrivò sulla faccia e le gambe mi tolse il sonno. La tavola era apparecchiata con la tovaglietta su cui mio padre beve ogni mattina una tazza di caffè pucciando quattro o cinque biscotti. Entrò in cucina dal balcone e mi trovò che mangiavo pane e marmellata.

– Sono in ritardo, se non mi muovo perdo il treno anche oggi, – disse senza guardarmi.

– So che vai a Barletta.

Sgranò gli occhi e corrugò la fronte. – E chi te l'ha detto, il nonno?

Feci di sí con la testa ingoiando il boccone: – Mi piacerebbe venire con voi –. Non rispose. – Al nonno sta bene. Per te è un problema? – incalzai.

– Senti, ne riparliamo. Non so ancora quando parto...

In quel momento entrò mia madre per versarsi altro caffè. Lui ammutolí, svuotò il rimasuglio nella tazzina e si precipitò alla porta.

– Allora vengo anch'io. Siamo intesi? – gli gridai dietro.

Lo sentii risalire le scale. – Guarda, non è il caso che vieni anche tu. Renditi utile qui badando a tua madre e tua sorella.

– Perché non mi vuoi? – gli chiesi pieno di rabbia.

– Perché non è una vacanza e perché non saresti d'aiuto.

Gli chiusi la porta in faccia e quando mia madre mi domandò cosa avevo da sbattere mandai al diavolo lei. Ma era mio padre, è sempre stato mio padre coi suoi modi a rovinarmi le giornate.

Nel pomeriggio chiamai a casa dal telefono a gettoni della biblioteca per spiattellare la loro partenza. Riuscii a far litigare tutti. Mia madre con mio padre, mio padre col nonno e in qualche modo tutti con me.

Il viaggio cosí sembrava saltato, nessuno ne parlava piú. Papà non passò la domenica dai nonni e quando ci andai io, di giovedí, nonno Leonardo mi rispose che non aveva nessuna voglia di andarsene in giro con la bicicletta. Lo disse senza nemmeno guardarmi negli occhi.

Quelle giornate furono vuote. Vuote e lunghe come tutti i giorni di attesa forzata. Dopo colazione uscivo di casa per non attaccare discussione con mia madre e me ne andavo con la bicicletta in biblioteca. Qui ci scappava sempre un caffè con qualcuno incontrato tra gli scaffali o tra i banchi della sala studio, ma dopo andavo avanti anche quattro o cinque ore senza alzare gli occhi dai libri.

Prima non era cosí. In biblioteca ci venivamo tutti insieme e le pause al bar erano quasi sempre in gruppi numerosi. Molte giornate sfuggivano di mano e il tempo si sparpagliava tutto in bivacco giú nella piazzetta tra sigarette e discorsoni, piú lunghi ancora se la ragazza si faceva guardare e sorrideva alle battute. Le giornate inconcludenti erano tante, ma non lasciavano la bocca amara. Né il corpo fiacco.

Adesso, tra quelle file di banchi, le stesse cose si erano ridotte al loro senso piú apparente. Che è sempre cosa da poco.

Dopo il caffè partivo col ripasso di letteratura latina, necessario nell'ipotesi di una chiamata al liceo. Oppure scrivevo. Anche se non sapevo piú cosa volessi scrivere.

Dopo giorni senza neppure salutarci, seduti a tavola in orari diversi per non doverci guardare negli occhi, giovedí sera mio padre venne in camera ad annunciarmi: – Domani mattina io e il nonno partiamo, se vuoi venire ti devi svegliare presto e devi muoverti a preparare una borsa.

– Potevi aspettare un altro po' a dirmelo... – gli risposi senza alzare la testa dal libro.

Accettai solo per fargli dispetto. La borsa la preparai verso l'una, quando già dormiva e si era convinto che non sarei piú andato.

Per mio padre bisogna da sempre «viaggiare col fresco», cioè partire verso le sei e mezza in modo da arrivare in Puglia nel primo pomeriggio, evitando il sole piú duro.

Anche per il nonno bisogna «viaggiare col fresco», cosa che però per lui vuol dire partire non piú tardi delle quattro di notte. «Cosí ci portiamo avanti», dice. Ma avanti dove? E rispetto a che, poi?

Ovviamente era il nonno a decidere, se non altro perché alle 4,05 iniziava a far squillare il telefono senza poi rispondere. Faceva cosí con tutti i figli e nipoti che sapeva in partenza, senza che nessuno ovviamente glielo chiedesse. Era uno dei suoi gesti gentili, che credeva in assoluto giusti e buoni. E noi dovevamo accettarli cosí, con la stessa libertà con cui lui li faceva.

Un altro «gesto gentile» era portarci a casa grandi sacchetti d'insalata. Avendo molti amici con l'orto ne riceveva in quantità. Quantità da esercito, non da famiglia. Aprivamo la porta per uscire di casa, verso le sette e mezza, e trovavamo sacchetti di lattuga appesi alla maniglia. Papà sbuffava come un cavallo, mamma rideva, e tenendomi la mano per le scale mi diceva che quelli erano «i regali del nonno». Le telefonate per comunicargli l'abbondanza di insalata per i prossimi mesi non avevano mai sortito alcun effetto. L'indomani stessa scena: lattuga e risate della mamma. Dopo un paio di giorni, non sapendo che farcene, andavamo a buttare quelle buste senza dirgli piú niente. Anzi, i miei per non dargli dispiacere mi chiedevano di dire a babbo che avevamo mangiato tanta insalata. Allora io entravo in casa e ancora con la cartella sulle spalle dicevo: «Ciao Nonò, abbiamo mangiato tanta insalata!» E lui sorrideva contento.

Papà e io ci alzammo con gli occhi pesanti. Avevo le braccia e il petto caldi. Nell'altra stanza sentivo mugugnare «babbo, babbo». Gli aveva telefonato per dirgli di piantarla.

Ci sbarbammo. Io nel bagno grande e lui nel piccolo. Mia madre si alzò per prepararci la colazione. In cucina non entrava ancora nessun chiarore, la luce del lampione nel cortile sembrava una candela sul davanzale. Bevemmo in silenzio il caffè, lei in piedi con gli occhi assenti, noi due di fronte come l'altra mattina.

In mezzo a tutto quel silenzio, a quegli sguardi affilati e di disapprovazione spuntava il giorno del viaggio. Mai ero uscito di casa con mio padre quando ancora era notte, con due valigie in mano per andare insieme nello stesso posto. Mai avevo cercato di capire che gliene importasse ancora di quella casa. E che cosa ne importava a me.

Forse partii non solo per fargli dispetto, ma anche per

vederlo nei suoi panni di figlio. O forse per consolarmi di
non essere buono ad andarmene da solo da un'altra parte,
non importa dove ma da un'altra parte.

Fuori l'aria fredda pungeva come il dopobarba. Il nonno
era alla finestra e la sua faccia abbronzata si confondeva
col buio della stanza.

– Non suonare Nicò, scendo io, – mi disse sporgendosi.
Forse nonna Anna dormiva o forse era meglio che non ci
vedesse per non ricominciare a strillare. Del resto stavamo
andando a vendere la casa dei suoi sogni.

Salí in macchina sistemandosi il borsone tra le gambe.
Aveva i soliti pantaloni di fustagno, una camicia e un golfino color tabacco.

– Hai visto che alla fine sei venuto? – mi disse senza voltarsi, attaccando la mano al bracciolo di plastica. – Tanto
ti sei messo di punta...

– Papà era molto contento quando gliel'ho chiesto...
– dissi aguzzando gli occhi nello specchietto retrovisore.

– Almeno mi dai il cambio a guidare, – fece lui serio serio. Non mi aveva ancora rivolto la parola.

– E poi cosí guardate bene tutti e due le carte che saranno da firmare, – aggiunse il nonno.

– Babbo! – vociò lui sbattendo la mano sul volante. – Che
ne sa questo delle carte che dici tu? Nicola conosce la letteratura, ma a tutto il resto ci pensa quel fesso di suo padre,
– e mi restituí il sorriso sghembo sempre dallo specchietto.

– Comunque è meglio che guardate tutti e due, – tagliò
corto babbo.

Stavamo attraversando Milano. Ovunque per le strade
una luce rosa spazzava il sonno. La Punto amaranto correva veloce attraversando piazzale Loreto, viale Abruzzi con
gli edicolanti che alzavano le saracinesche, piazzale Lodi
già pieno di autobus che formicolavano in tondo.

Dopo la tangenziale arrivammo al casello. Papà ritirò il biglietto e lo infilò nella tasca del parasole. Nonno Leonardo guardò l'orologio. – Le cinque e mezza, – disse. – Be', un poco ci siamo portati avanti.

L'autostrada era vuota, si faceva guardare in silenzio.
– Ci fermiamo all'autogrill per prendere un caffè? – chiesi infilando la testa tra i sedili.
– Cosí non ci portiamo avanti! – ribatté il nonno.
– Ma almeno ci svegliamo un po'. Il viaggio è lungo, babbo.
Babbo abbassò le labbra. Sostammo appena prima di Piacenza. La giornata si annunciava calda, il sole rimbalzava già abbagliante sul parabrezza.
Il bar dell'autogrill era tutto un brulicare. Gente in piedi mangiava panini, beveva caffè e Coca-Cola come fosse pieno pomeriggio. Il nonno iniziò a guardarsi attorno, agitandosi come quando qualcosa non è chiaro. Lo presi sottobraccio e lo guidai al bancone.
– Mi pare un supermercato, – disse. – Prima non c'era niente per le strade. Bisognava pregare che tutto andasse bene.
– Da piccolo io volevo sempre fermarmi in questi posti che sembrano il paese dei balocchi. Ma papà non mi comprava mai niente.
– E faceva bene. Benissimo!
Prendemmo il caffè al bancone. Di fronte c'era una ragazza mora, dagli occhi furbi, che ritirava tazze e piattini riassettando il banco. Sulla spilla attaccata alla divisa c'era scritto Anna Lucia. Non ci fosse stato mio padre avrei fatto lo spiritoso.
Nonno e papà smisero di parlare, ognuno con le labbra nella tazzina.

– Be', ora che vi siete svegliati ce ne vogliamo andare? – disse il nonno.

Riprendemmo la strada. Adesso si era riempita. Si andava a cento all'ora sulla corsia di destra, insieme ai camion.

– La prima volta che sono sceso giú in macchina ero con zio Mimmo e zio Mauro. Siamo partiti con la Cinquecento dello zio Mimmo senza viaggiare in autostrada, passando per le statali per non spendere soldi. Ci abbiamo messo, lo ricorderò sempre, ventidue ore. Una traversata... – disse papà ridendo.

– Quanti anni avevate? – chiesi.

– Quanti ne avevamo, babbo? – disse mio padre rigirandogli la domanda senza considerarmi.

– Boh... eravate giovani, tu avevi appena preso la patente.

– Ecco sí, giovani. Sui diciotto-venti io, venticinque gli zii. Tornavamo dagli amici.

– Perché prima eravate fratelli, e non bestie, – intervenne il nonno guardando in faccia mio padre.

– Tornavamo, – riprese lui ignorando quelle parole. – Prima tornavamo. Zio Mimmo dalla zia Elena, io e zio Mauro dagli amici. Avevamo la casa tutta per noi, – disse papà inforcando gli occhiali da sole.

– E poi non ve n'è fregato piú niente di quella casa.

– E poi non eravamo piú giovani. Si faceva fatica la sera a vedere la nostra di casa. Te lo ricordi che avevo già Nicola a ventun anni e che facevo le scuole serali lavorando pure il sabato? Te lo ricordi, babbo? – gli ripeté in dialetto. – Come facevo a occuparmi di quella casa?

Babbo non rispose, sempre con lo sguardo dritto e la mano attaccata alla maniglia sopra il finestrino. Mi era difficile immaginare mio padre allegro e spensierato in viaggio coi suoi fratelli.

Quand'ero piccolo tutti i Russo si incontravano a casa dei nonni quasi ogni giorno per riprendersi i figli. Ma anche per le feste la casa si affollava. Mangiavamo tutti insieme le orecchiette con le braciole, le focacce della nonna, le cartellate della zia Lilia e lo zio Mimmo dopo l'antipasto si veniva a sedere al «tavolo dei piccoli» e versava di nascosto dei buoni bicchieri di vino anche a noi. Ci raccontava raffiche di barzellette e il nonno guardandolo scuoteva la testa e commentava: – È giusto, i pagliacci è al tavolo dei bambini che devono andarsi a sedere.

L'allegria si annuvolava solo quando spuntava l'argomento della casa al mare. Poi con gli anni, senza che ne sappia ricostruire passo passo le ragioni, tutto si è diradato. Nei giorni di festa non piú tutti e quattro i figli, ma a coppie, e piú spesso ancora da soli, ognuno a casa sua, spartendosi i giorni per stare coi nonni. Zia Lilia alla vigilia, zio Mimmo a Natale, zio Mauro a Santo Stefano e noi l'ultimo dell'anno. I fratelli della Cinquecento avevano covato torti non chiariti, si erano trascurati innescando un inaspettato gioco di rancori. E tutto iniziò a sfasciarsi. Ma senza un litigio. Piano, in silenzio. Come le crepe di quella casa.

Ne abbiamo risentito anche noi nipoti. Oggi solo con un paio di cugini ho ancora rapporti. Gli altri so a malapena dove abitano. Quando io o i miei incontriamo parenti è perché ci si incrocia per sbaglio a casa dei nonni, mai per volontà. La famiglia non c'è piú. È rimasto il perno dell'ingranaggio che muoveva tutti gli altri e che ora ne fa ruotare a fatica uno per volta. Ma rotto che sarà anche quello, chiusa che rimarrà anche l'altra casa dei nonni, nessuno forse si incontrerà piú.

La macchina correva e papà e nonno ascoltavano il giornale radio commentandolo in dialetto. Avevo ancora sonno ma mi piaceva stare a sentire quei due che baccagliavano in barlettano.

Io sfogliavo il giornale. Davanti continuavano a battibeccare di politica. Il dialetto era andato stringendosi e il volume delle voci alzandosi. Babbo agitava le mani sbattendole sulle gambe, papà toglieva e rimetteva gli occhiali da sole.

Nonno Leonardo si godeva la libertà di buttar fuori le sue idee di vecchio comunista con mio padre, che amava definirsi «un progressista che col tempo si è modernizzato». Per il nonno invece quella di papà era solo «una sinistra all'acqua di rose».

– Tu dai troppa fiducia a questi che stanno contro a Perluscone! – così gli usciva quel nome, storpiato come tanti altri dal dialetto italianizzato. – Pure io li voto ma perché mi tappo il naso, non perché sanno fare il loro mestiere.

Venendo a Milano si era lasciato dietro anche questi discorsi che a volte alla sezione avevano la forza di mandare all'aria il tressette. Né poi era possibile per lui farli in presenza di sua moglie, che di quelle idee non voleva nemmeno sentire parlare. Nonna Anna era una sana cattolica, obbediente alla Democrazia cristiana finché c'è stata e poi a caccia dello scudo crociato sulla scheda, sola garanzia di moralità civile. Col tempo babbo, per il quieto vivere, la rassicurò che ora anche lui si era ravveduto e allineato su quelle posizioni così da evitare l'inferno. E la nonna, come per l'istruzione, finì per credergli.

Solo un paio d'anni fa si tradì spudoratamente. Mio padre li aveva accompagnati a votare nella cabina eletto-

rale. Mentre il nonno era nella cabina elettorale, da fuori
suo figlio gli chiese: – Babbo, hai dimenticato gli occhiali, te li passo?

– No, no, Riccà, la quercia per fortuna la vedo ancora... – La commissione di seggio alzò la testa dai registri,
papà scoppiò a ridere di gusto per quella ribellione al ni-
codemismo domestico.

– Senzaddio, senzaddio! Ecco che cosa siete tutti e due!
– continuò a ripetere la nonna fino a casa.

Babbo come al solito non ritrattò. Stette zitto ignorando
l'accaduto, lasciando sfogare la nonna senza darle corda.
Mio padre ha ereditato al meglio questa qualità, affinando-
la con silenzi piú sconfortanti. Anche lui, come suo padre,
ama discutere di politica. A tavola, se parliamo, parliamo
di questo, piú raramente di vini.

Avevo voglia di un altro caffè e di fumare una sigaretta
all'aria aperta, ma non mi azzardai a chiederlo. Avevamo
appena passato Bologna. Erano solo le otto e qualcosa.

La strada continuava dritta, un po' piú libera. Adesso il sole picchiava e il nonno si era infilato il cappello comprato l'ultima volta che eravamo andati lontano.

Mi ero sdraiato sul sedile dietro, dal finestrino a lato si vedeva solo cielo chiaro. Ripresero a parlare in dialetto.

– E 'mbà Nandín? – domandava papà tutto curioso. – E 'mbà Flíp?

Gli stava chiedendo che fine avessero fatto i suoi amici, tra cui questi compari, Ferdinando e Filippo. Alcuni li ricordavo anch'io perché nelle tre estati in cui mi spedirono giú, nonno Leonardo, quand'era finita la canicola – *a contròr* –, portava me e Giovanni insieme a lui alla sezione del partito.

La sezione era un grande salone seminterrato con le pareti piene di ritratti di Gramsci, Togliatti, Berlinguer e non so chi altro, qualche tavolo di plastica sparso per il salone e in fondo degli attrezzi agricoli tirati a lucido.

Il nonno arrivava ben vestito, coi capelli ravviati all'indietro e il profumo dell'acqua di colonia sulla faccia sbarbata. Per salutare si toglieva la coppola grigia che si risistemava solo per tornare a casa. Passando tra i tavoli diceva a tutti «*car*» facendo seguire il nome dell'amico. «Car 'mbà Nandín! Car 'mbà Pasquà!» Questi vecchi salutavano me e Giovanni festosamente e subito ci invitavano a giocare a briscola: io e un vecchio, Giovanni e un altro vecchio.

Una partita sola, secca, prima di imbastire il tressette serio, quello col nonno e gli altri 'mbà.

Io mi sentivo importante in mezzo a loro, per questo chiedevo alla nonna di vestirmi bene. Nonna Anna allora, dopo aver vestito Giovanni, mi metteva una camicia gialla smanicata e i jeans corti coi calzini tirati fino al ginocchio. Non so per quale ragione mi credessi elegante acconciato a quel modo.

Quando alla sezione i vecchi mi proponevano lo stesso gioco del giorno prima rispondevo: «non ci sarebbe un'alternativa?», e questa frase suscitò da subito grande divertimento tra loro che se la ripetevano tra i tavoli come la soluzione di un problema di algebra. Fu cosí che alla sezione divenni «l'uomo dell'alternativa». «Ecco l'uomo dell'alternativa!» mi dicevano per salutarmi, sorridendo con le bocche sgangherate.

– Sí, sta bene, mi ha chiamato l'anno scorso per gli auguri di Natale e gli ho detto che ero diventato bisnonno.

– E 'mbà Pasquà? – Questo era il compagno di squadra di Giovanni, l'unico di quei vecchi che avesse una buona resistenza a parlare italiano.

– Pure lui campa ancora, ma è assai che non lo sento. Nandín dice che adesso sta bene ma non va piú alla sezione perché l'hanno operato e non si è ancora messo a posto.

– E 'mbà Vcínz?

– 'Mbà Vcínz è morto l'anno passato.

– Che peccato. Quanti anni aveva?

– Come me, – disse il nonno. – Lui di marzo e io di settembre.

– E c'è ancora il negozio?

– Chi è 'mbà Vcínz? Lo conosco? – chiesi rimettendomi seduto.

– Sí che lo conoscevi. Non te lo ricordi il vinaio sotto casa? – gridò il nonno.

– Certo, quello che stava sempre seduto sul marciapiede davanti al negozio.

– Be', mò non ci sta piú perché è morto.

Papà continuò con un elenco martellante di compari in
cui mi inserivo sempre piú a fatica. Erano risaliti a perso-
naggi che appartenevano al loro mondo di padre e figlio.
Io ero arrivato dopo tutta quella gente che considerava il
nonno un uomo in gamba e che di rimando voleva bene a
mio padre e forse anche a me.

La strada si era affollata di nuovo e in un attimo ci ritrovammo fermi in coda. Davanti avevamo un camion di
latte, di fianco uno d'acqua minerale.

– Se ognuno si bevesse il latte e l'acqua di casa sua vedi
che questi bestioni non li avevamo tra i piedi!

– Dammi un biscotto, va, – disse mio padre.

– Ma quale biscotto, qui è meglio che ci fermiamo al
supermercato! – gridò il nonno.

Papà lo guardò accigliandosi: – All'autogrill, babbo.

All'area di servizio, distante meno di un chilometro, riuscimmo ad arrivare solo dopo un'ora abbondante. Babbo
al fresco del locale riprese colore. Chiesi a papà se voleva
che gli dessi il cambio alla guida e lui mi rispose storcendo
la bocca. Mangiammo panini col prosciutto.

– Giú i supermercati stanno solo da qualche anno. Prima non esistevano.

– Io però da ragazzo ne ho visto uno a Bari, – ribatté
mio padre.

– E vabbè, che significa? A Bari sta tutto, si sa.

Nonno Leonardo adesso aveva sul viso un'espressione
vispa, come quella di chi si riprende libertà.

– La prima volta che sono entrato in un supermercato è
stato a Bollate, e subito una bella figuraccia da cafone che

ho fatto, – disse arrotolandosi le maniche del golfino. – Al banco del pane chiedo tre pagnotte. Quello me le mette nella busta e poi mi dice «altro, signore?» Io pensavo che era brutto dire subito no e cosí presi un'altra pagnotta. E quello da capo, «altro, signore?» Io allora ho preso formaggio, salame, prosciutto e un'altra pagnotta. E siamo a cinque... – papà finalmente rideva ciondolando la testa. – Appena mi bastarono i soldi alla cassa. Ho finito solo quando quello mi ha detto «basta cosí, signore?» Allora mi sono fatto animo e gli ho detto «per oggi sí, grazie».

Mi stavo strozzando col panino dal ridere. – Nonò, sei un artista!

– Ma quale artista, Nicò! Questa è colpa di tua nonna che mi continuava a ripetere prima di uscire: «Leò, mi raccomando, fai l'educato. Non comportiamoci da cafoni e non facciamoci riconoscere». E hai visto a fare l'educato che succede? Che spendi diecimila lire cosí, *a bún a bún*, – anche lui agitava la testa per compatirsi.

Vicino alla pompa di benzina c'erano quattro ragazzi che mangiavano tranci di pizza appoggiati alla macchina. Mi ricordai degli amici. Mi sembravano lontanissimi.

– Siamo bloccati. Chissà cos'altro è successo, – disse papà sbuffando.

– Dove siamo qui? – chiese il nonno.

– Poco prima di Ancona. Vicino a Fano.

Andai a chiedere in cassa se sapevano cosa stava succedendo. L'autogrill adesso era stracolmo.

– Hanno chiuso l'autostrada per un incidente e appena dopo ci sono dei lavori. Bisogna uscire a Fano e poi riprenderla dopo una ventina di chilometri, – riferii.

– Meno male che l'appuntamento con l'agenzia è lunedí, – disse papà guardando babbo.

Rimasi sorpreso. Pensavo lo avessero fissato per il giorno dopo. Invece erano partiti per starsene un ultimo paio di giorni nella casa al mare.

Riuscimmo a tirarci fuori dall'ingorgo solo dopo un'altra ora tutta a passi di tartaruga. Adesso il sole scottava. Nonno Leonardo si era tolto il cappello di panno e si era slacciato i primi bottoni della camicia. Papà era nervoso. Gli pesava vedere il padre asmatico diventare cenerino sulla faccia senza lamentarsi nemmeno.

Al casello di Fano arrivammo alle tre. Nel loculo trovammo una signora ossuta che ci spiegò senza guardarci quello che bisognava fare per riprendere la nostra direzione. Ripeté che c'era stato un incidente appena prima di un cantiere e ci consigliò di lasciar defluire i camion, che certamente avrebbero ripreso subito la strada intasando la città fino alla tangenziale.

Dopo qualche chilometro cominciarono a scorrere case e palazzi anneriti sulle facciate. Infilammo un viale di platani e subito si aprí davanti il mare. La spiaggia era vuota. Lontano dal bagnasciuga una decina di ragazzi giocavano a calcio. Spalle scoperte e piedi nudi. Alcuni amici non li avevo nemmeno avvisati della partenza.

– Quant'è bello! – sospirò il nonno. Papà continuava a far sí con la testa come un bambino. Il cielo sul mare era frastagliato di nodi di nuvole che il vento si trascinava come cani al guinzaglio.

I lidi avevano gli ombrelloni ancora chiusi, ma i tavolini dei bar erano già affollati di studenti in vacanza da scuola. Adesso non s'incontrava piú nessun cartello che indicava l'autostrada, solo palme che scorrevano in cadenzato intervallo.

Svoltammo all'interno. Il mare tornava a mostrarsi a squarci dalle vie piú strette.

– Quanto tempo che non lo vedevo!

– Quanto, Nonò?

– Anni, tanti anni.

– Quelle sono le colline marchigiane, – disse papà. – Per me sono il posto piú bello d'Italia.

– E perché allora non ci hai portato a vivere lí? – gli chiesi guardandolo nello specchietto.

– A Milano ci siamo abituati, no? E poi in città avete avuto piú possibilità anche voi.

Risbucò il mare appena increspato.

– Sarà, ma io tutte queste possibilità ancora non le ho viste... e poi che vuol dire? Ci sono mancate tante altre cose, il mare per esempio. È cosa mica da poco il mare.

– Nicò! – mi zittí il nonno. – Non scocciare sempre con quello che manca! Tu se puoi ti devi fare la vita dove sei nato, te l'ho già detto.

– Cosa facciamo? – chiese papà in coda al semaforo. – Stiamo girando a vuoto.

– Prendiamo un caffè, che dopo pranzo non l'abbiamo bevuto. Cosí ci raccapezziamo, – intervenni.

– Mio figlio è cosí, babbo, ti devi abituare. Appena si presenta un problema si infila nei bar, – anche la sua ironia mi metteva voglia di accapigliarmi. Non lo facevamo solo perché c'era il nonno.

– Forse, Nicò, tu nell'anima piú che professore sei barista, – bofonchiò babbo tutto divertito.

Scesi dalla macchina il nonno allargò le braccia, papà si piegò sulle ginocchia per sgranchirsi.

– Quel bar va bene? – chiesi.

Nonno Leonardo abbassò le labbra e bevendo il caffè al banco interrogò il figlio gesticolando con le sue mani scabre.

– Riccà, qui sopra sta Giacomo. Capisci di chi parlo? – gli chiese zuccherando il caffè.

Papà accigliò gli occhi dentro quelli di babbo, poi d'un tratto si batté una mano sulla fronte: – Il monaco? Quello che si è salvato dalla pallottola?

– Bravissimo. Se non è morto sta qui sopra, nel monastero.

Andai alla cassa a pagare i caffè. Della mia estraneità, della mia solitudine, di tutto il pantano in cui mi sembrava di camminare loro non sapevano niente. Se ne fregavano. Non realizzavano la paura di quell'estate, che finendo mi avrebbe di nuovo sorpreso senza un lavoro e senza la possibilità di andare a nascondere la testa da un'altra parte dove nessuno mi poteva squadrare con quegli occhi. Loro tutto questo non lo capivano, nello stesso modo in cui io, nella distanza del viaggio, non capivo piú che volessero dire gli amici, la biblioteca, casa, Milano, se erano ancora il mio rifugio o già memoria da diario, o piuttosto passato da cui svezzarsi con uno strappo violento. Avrei voluto tornarmene a casa. Andarmene via senza salutarli.

Papà si riavvicinò alla macchina. Dalla valigia tirò fuori una camicia a mezze maniche. Si passò la maglietta sudata sul petto e allacciò i bottoni fino al penultimo.

Rispuntò il viale di palme e il mare che alzava rumore di sciacquio a ogni onda franta. Andammo ad appoggiarci a una ringhiera che dava sulla sabbia. Nonno Leonardo di fianco mi sembrò d'un balzo piú grande e grosso, preso com'era a spalancare le braccia e a inghiottire aria salmastra nei polmoni malati. La sua ombra sul marciapiede era il doppio della mia.

Papà era in mezzo. Teneva la sigaretta spenta tra le dita. Quel suo silenzio scorbutico sembrava adesso il solito delle sere al davanzale.

– Tuo nonno vorrebbe passare in questo monastero sopra Fano per salutare un amico.

Nonò si era andato a sedere su una panchina di marmo poco piú in là. Aveva le braccia stese sullo schienale.

– Io non ne ho voglia, – continuò mio padre, – ma se penso che magari è l'ultima volta che se ne va cosí lontano da casa... è giusto accontentarli i vecchi... – concluse guardandomi furtivamente negli occhi. Corrugai la fronte mettendomi la mano davanti alla bocca per trattenere la risata.

– Sta' tranquillo, se sarà il tuo ultimo desiderio ti porterò anch'io per conventi e monasteri.

Mi guardò incazzato. Niente di piú grave che sfottere la sua ipocondria e il suo sentimento di precoce decadenza.

– Ma chi è questo monaco sconosciuto? – chiesi.

– Un commilitone. Erano amici durante la guerra.

– Se tu pensi che sarebbe contento...

– Dico che sta già andando a vendere casa sua.

– Guarda che quella è anche casa tua.

– Casa mia è dove abitiamo noi quattro. Quella è la casa dei ricordi.

– Anche il nonno dice cosí... Io proprio non vi capisco... E non capisco nemmeno piú se questa benedetta casa a cui stiamo cercando di arrivare sia ancora di qualcuno. Di chi è? Si può sapere? – gli dissi irritato.

– Forse davvero non è piú di nessuno.

Buttò il mozzicone di sotto e con le dita libere mi indicò i gabbiani. Poi mi batté la spalla per dirmi di avvicinarci alla panchina.

– Un signore mi ha spiegato la via da fare, – disse il nonno con la mano a visiera sulla fronte per non farsi accecare dal sole. – Sono quaranta chilometri da qui, ma la strada non è brutta. L'ultimo paese che incontriamo è Pergola, poi sta il monastero. Se ti dà fastidio però riprendiamo a viaggiare.

– Andiamo, andiamo, – disse il figlio sputando velocemente le parole. Cosa avrei dato per capire se accontentava suo padre per senso del dovere, per volontà di darmi buoni esempi o per che altro. Inforcò gli occhiali scuri, si accese un'altra sigaretta al lato della bocca e si infilò le mani nelle tasche dei pantaloni beige.

Babbo guidò papà alla perfezione. – Segui dove dice Pergola. E leggi bene… – gli ripeteva a ogni bivio.

Dopo la stazione perdemmo il mare, inerpicandoci su per una strada stretta che curvava e saliva senza sosta. A sinistra scorrevano adesso costoni di montagna ricoperti da reti penzolanti, a destra tutto un vuoto che cresceva. Gli alberi che sporgevano dai dirupi non correvano piú come in autostrada inghiottiti dietro di noi.

Si guidò tranquillamente fino a quando davanti alla macchina spuntò un cinghiale che ne incornò un fianco spingendola verso il burrone. Davanti bestemmiarono a un'unica voce. Nonno afferrò la mano del figlio che l'aveva istintivamente distesa sul suo petto.

– Ma dove è andato a pregare quello lí, in mezzo ai cinghiali?! – gridò mio padre con le mani rigide sullo sterzo.

– E che ne so io che era pieno di bestie questo posto! – rispose gridando anche lui.

– Ognuno si sceglie le bestie con cui vuole vivere, – dissi facendo rispuntare la testa tra i sedili.

– Statti zitto, Nicò, – mi gridò il nonno girando di scatto la testa.

Dopo altre curve altro vuoto e altre montagne il monastero si decise a sbucare. Papà arrivò sull'acciottolato ancora con la faccia appiccicata al parabrezza. La solita vena gli divideva in due la fronte. Nonno Leonardo se ne stava muto, mani che picchiettavano la borsa e labbra serrate. Forse era dispiaciuto.

Oltre il cancello si alzavano blocchi rosati di pietra, sovrastati solo da montagne alberate e da una nuvolaglia disfatta. Attraversammo lo spiazzo scalpicciando e davanti alla porta ci guardammo in faccia senza trovare il coraggio di suonare.

Papà indietreggiò per studiare meglio il posto. Mi chiamò per nome dicendomi di guardare dove puntava il dito. In alto nella pietra rosata c'era incavata una lapide con dei versi:

> Tra ' due liti d'Italia surgon sassi,
> e non molto distanti a la tua patria,
> tanto che ' troni assai suonan piú bassi,
> e fanno un gibbo che si chiama Catria,
> di sotto al quale è consecrato un ermo,
> che suole esser disposto a sola latria.

L'amico del nonno a cena avrebbe ribadito piú volte che Dante era passato di lí e che qui davvero durante i temporali i tuoni rimbombano piú in basso.

Papà volle che gli spiegassi quelle terzine. Era la prima volta che mi chiedeva di insegnargli qualcosa. Il nonno si oppose e volle che prima di parafrasare leggessi a voce al-

ta. Ora li avevo tutti e due di fianco a me ed ero io a gui-
darli: un endecasillabo uno sguardo attorno.

Dante ridiede coraggio e se ne andarono piú decisi al
campanello lasciandomi indietro. Nei capelli diradati sulla nuca, nelle gambe asciutte e nervose erano uguali, ma il
padre ancora adesso che si era accasciato rimaneva piú alto del figlio, con le spalle larghe, il petto piú grande. Nel
passo nonno Leonardo restava dritto, papà già si trascinava con le scapole affilate come uncini, circospetto e seccato non si sa di che. Quella vecchiaia che si tirava addosso
avrebbe finito prima o poi per entrargli nelle ossa sul serio, come un freddo perenne.

Fu il nonno a suonare. Solo quando si aprí la porta di
legno mi incamminai anch'io verso di loro. Era spuntato
un uomo tarchiato, basso, con la barba a chiazze bianche
e scure. Aveva addosso un paio di jeans.

– Se volete visitare il monastero dovete aspettare le sei
meno un quarto.

– Sono un amico di Giacomo Passatelli. Padre Giacomo, – disse nonno Leonardo col cappello in mano.

– Lo stesso dovete aspettare le sei meno un quarto perché è impegnato. Siamo tutti impegnati a quest'ora.

– Mi dispiace, non lo sapevamo, – disse il nonno agi-
tando la mano per scusarsi.

– No, no, – fece quello ridendo a dispetto di tutta quella barba. – Lí c'è il baretto del monastero, bevetevi un po'
di liquore e tra una mezz'oretta suonate ancora.

La porta si chiuse. Rimanemmo aggrottati a guardarci.
Sul tronco di un albero era appeso un cartello che indicava il bar. Ci ovattava in quei passi rumorosi un silenzio
luminoso, a scapito di tutti i silenzi che conosco che luce
non ne hanno. Scendemmo degli scalini di pietra su cui
cadevano rami di edera avvolti alla ringhiera.

Dietro il banco una signora ci serví dei bicchierini di liquido smeraldo. Sulla bottiglia c'era scritto «laurus».

– Ma quello era un monaco? – chiese mio padre.

– Sí. Il monaco mette l'abito solo per le funzioni, non tiene sempre addosso la casacca come i frati.

– Com'è che sai queste cose? – domandai.

– Me le raccontava Giacomo le differenze e le storie dei monasteri. Lui ci veniva sempre già da giovane, era un'idea fissa la sua... – bevve. – Ma forse abbiamo sbagliato a venire. Cosí si è buttata la giornata.

– E basta babbo! Speriamo almeno che ci sia questo monaco.

– Se non è morto, qui deve stare.

– Andiamo fuori che fumo.

Papà si girò verso le montagne. Era il suo atteggiamento che mortificava il nonno.

– Nonò, ma chi è Giacomo?

– Te l'ho già detto, Nicò, uno della guerra.

– Sí, ma non uno qualunque.

– E certo, mica se no chiedevo di fermarci sulle montagne! – disse gridando. – Lui era di Trani. Ha avuto la chiamata giovanissimo alle armi. Siamo partiti da Brindisi la stessa mattina. Siamo stati insieme in Sardegna un anno, nel '40, e lí ci siamo presi la malaria. Lui leggeva sempre la Bibbia e sapeva tutte le cose di cultura, mentre noi eravamo quasi tutti ignoranti e analfabeti. Già a quel tempo diceva che voleva prendere i voti e vivere in questo monastero, – tossí forte asciugandosi gli occhi col dorso della mano. – Un giorno gli hanno sparato alla gamba, non si sa chi, eravamo in un bosco. Me lo sono caricato sulla spalla per portarlo dal barelliere, e lui gemeva «ci vuole l'aiuto di Dio, Leonardo, qui ci vuole l'aiuto di Dio!» Io gli dicevo di stare zitto, di pregare nella testa e pensavo che prima ancora ci voleva l'aiuto del barelliere. A un tratto sento che si strozza, ma non mi potevo fermare, stavo cadendo dal peso. Quando siamo arrivati aveva il sangue alla bocca. Aveva preso un'altra pallottola nella schiena alta. Se non c'era lui sulla schiena quella pallottola bucava me e io ero morto ammazzato. Sicuro che ero morto, Nicò.

– E poi?

– Non so com'è che gli è andata cosí bene. Forse per davvero l'aiuto di Dio. Non lo so. L'hanno tagliato a freddo, le pallottole sono uscite in fretta da tutte le due parti e si è salvato. Se n'è pure tornato a casa. E io come uno scemo ho continuato, mi hanno mandato a Cassino, dove mi hanno ferito alla testa, – e si toccò il bernoccolo che gli spuntava sulla nuca calva, – e poi a Nardò, dove sono rimasto fino a che non si è sbandato tutto...

– Vi siete salvati a vicenda.

– Hai capito bene. L'uno con l'altro miracolati, – sospirava gonfiando il petto. – I commilitoni all'inizio lo sfottevano perché leggeva sempre, non scherzava a modo loro e non andava mai con le puttane. Gli dicevano che era ricchione e gli facevano di quegli scherzi che erano carognate. Io gli dissi che se voleva sopravvivere era meglio che si scazzottava con qualcuno davanti a tutti. Il giorno dopo lui non l'ha fatto e l'ho fatto io al posto suo. Un bel cazzotto in bocca a uno di quelli e tutto si è sistemato. Lui sul momento si è arrabbiato ma dentro si sentiva sollevato, te lo dico io!

– Eri violento anche tu, babbo, – disse mio padre schiacciando la cicca sui sassi.

– È meglio che ti stai zitto, Riccà. Che ne sai tu di queste cose? Con le bestie e la guerra si usano i pugni, – gli disse severo in dialetto. – Giacomo era uguale a mio fratello che è morto giovane di peritonite. Lo stesso anno che è morta mia mamma, – aggiunse quasi senza voce guardando da un'altra parte.

Scambiai due parole con la signora del bar che aveva un viso di madre. Di madre di tanti figli. – Siete qui per i Vespri? – mi chiese mentre tuffava le stoviglie in una bacinella d'acqua e sapone.

– Non so... Mio nonno è amico di uno dei monaci.

– Adesso escono tutti e vanno in chiesa per i Vespri.

Fuori dal bar non trovai piú nessuno. Vidi mio padre appoggiato a un muretto che dava sullo sprofondo delle montagne. Storse la bocca in un sorriso strano e indicò verso la lapide di Dante. Nonno aveva le mani dentro quelle dell'amico ritrovato, un uomo che non sembrava anziano, con una veste bianca che gli scendeva fino alle scarpe.

Restai anch'io in disparte, ma senza avvicinarmi a mio padre. Pure quest'altro monaco aveva la barba bianca e sulla faccia un'espressione gioconda. Continuava a sorridere e a piegare la testa sulla spalla.

Io e mio padre ci scambiavamo sguardi di approvazione, lui da quel muretto scalcinato, io vicino ai gradini del bar. Si era messo le mani in tasca e l'ultimo sole gli intiepidiva la camicia. In quella posizione riappariva qualcosa del ragazzo-padre coi capelli lunghi fin sopra le orecchie che mi veniva a raccattare dai nonni e che la domenica mi portava al maneggio dietro casa ad accarezzare i cavalli. Chissà qual era il tarlo che si era mangiato tutta quella giovinezza e quando aveva iniziato a rodere lento.

Il nonno e il monaco gli si avvicinarono e lui si levò le mani di tasca. Andai loro incontro.

– Questo è mio nipote.

Il monaco sorrise.

– Siete tutti e due giovani! – esordí guardandoci in faccia. – Ho già chiesto a Leonardo di trattenervi a cena e per la notte. Domattina partirete riposati, tanto qui alle cinque e mezza siamo tutti in piedi.

– Cosí ci portiamo avanti, – disse babbo.

Papà inforcò gli occhiali scuri girandosi verso le montagne.

– Ho insistito, – riprese quello senza turbarsi della sua irritazione, – perché Leonardo è stato la mia salvezza, – e dicendo cosí prese mio padre e me sottobraccio trascinandoci a sinistra del porticato, sotto un arco di pietre macchiate di muschio. La stradina di ghiaia ci portò a una scala che dava su un corridoio. Il monaco ci aprí la prima porta: un lavabo, due letti a castello, un armadietto, la finestra che dava sullo spiazzo dei ciottoli. C'era un freddo stagnante. Io e papà eravamo ammutoliti, in balia di questo monaco amico del nonno che eravamo andati a pescare sulle montagne e che aveva deciso tutto per noi continuando a sorridere sotto la barba.

– Forse abbiamo sbagliato a venire, – sentii ripetere dal nonno mentre il suo amico mi trascinava in chiesa.

Andammo a sentire questi Vespri. Oltre ai monaci tutti ammantati in riga davanti all'altare, le panche dei fedeli erano vuote. Ci sedemmo in una fila di mezzo e anche babbo prese a sfogliare il libretto dei canti. Nessuno dei tre aprí bocca per seguire i cori. Gli occhi ci volteggiavano in aria distratti da pietre, abiti, voci, candele accese.

Che io sappia il nonno si dichiara credente solo davanti alla nonna, ma a sentirlo parlare dice sempre «Nicò, cosí hanno deciso là in alto», «cosí è piaciuto all'altissimo», oppure, «quando ai piani alti si mettono in testa una cosa...» Non è chiaro se in quelle uscite l'alto sia equazione di Dio. Né se in quelle perifrasi ci sia ossequio o ironia. Nonno Leonardo è forse deista come Voltaire. O forse è ateo per fede politica, anche se gliel'avevo sentito dire tante volte che uno degli sbagli del comunismo era stato quello di occuparsi troppo di religione. E anche mio padre certe sere che a tavola parlavamo lo ripeteva sempre, «una vera vaccata. Mai toccare la spiritualità della gente!» diceva infervorandosi.

Della fede di mio padre, poi, ne so ancora meno. Da giovane la nonna gli diceva che era un «senzaddio», un «mangiapreti». Ricordo che quand'ero piccolo bestemmiava davanti alle partite del Milan e che non mi fece fare la cresima perché non aveva voglia di venirmi a prendere a catechismo e di parlare ogni settimana con la suora. Nonna Anna in preda al panico cercò di costringere il nonno a portarmi con la bicicletta, ma non ci fu verso. Cosí sono rimasto scresimato.

Ma forse papà è solo un uomo a cui non piace parlare, tanto meno con preti e suore, gente che gli ricorda preghiere ripetute a macchinetta e bacchettate sulle mani ai tempi della scuola. Una domenica a pranzo mi ha raccontato sbuffando che nonna Anna, fino a quindici anni, lo mandava ogni domenica mattina a servire la messa delle sette e al ritorno gli faceva ripetere il passo del Vangelo che il prete aveva letto. «No!» gli gridava quando lui aveva già cominciato a riferire. «Sotto il quadro del Cuore di Gesú devi andare a ripetere, cosí non puoi mentire!»

Dico questo perché piú di una volta l'ho visto entrare nella chiesa dietro casa prima di andare al lavoro o sdraiarsi sul divano vicino alla lampada a leggere il Vangelo. E poi non si può certo escludere che preghi nelle sue catalessi serali. Ma insomma, nemmeno con lui in ventisei anni ne ho realmente parlato. Sempre respinto da quelle sue labbra che si storcono e lasciano uscire a malapena qualche parola cosí vaga da non voler dire niente.

A cena mangiammo in foresteria. Il monaco si era staccato dagli altri per poter parlare con piú libertà col nonno e noi. Si mangiò carne e patate con questo Giacomo che versava gran bicchieri di vino robusto e che ci appoggiava le sue mani piene di palmo sulle spalle come se avessimo fatto anche noi la guerra in Sardegna.

Ogni tanto abbassava lo sguardo nel piatto spingendo a lato gli ossi delle costolette abbrustolite e si rivolgeva al nonno come se io e mio padre non esistessimo. Gli chiedeva della sua salute, della famiglia, di qualche compagno andato, chi per il tempo chi per cose peggiori. Sempre che ce ne siano.

Nonno Leonardo gli domandò se era contento di essere monaco e gli raccontò della casa in rovina a cui non si interessava piú nessuno, né figli né nipoti né lui, che gli mancavano le forze.

Io e papà cercavamo di abbozzare discorsi tra noi per farli sentire piú liberi, ma non si andava al di là di qualche comunicazione.

– Ho avvisato la mamma. Stasera lei e Laura mangiavano la pizza. Non capiva bene perché ci fossimo fermati in un monastero.

– In effetti…

Dopo il caffè, che il monaco ci versò nello stesso bicchiere del vino, io e papà ci alzammo a fumare.

– Andate a inquinare tutta quest'aria buona! – ci disse Giacomo sorridendo.

Li lasciammo nella foresteria con gli stuzzicadenti a lato della bocca. Nonno Leonardo ci avrebbe raggiunto quando eravamo già a letto.

Ai lati dello spiazzo erano accese lanterne che spandevano una luce opaca sui sassi. Le montagne non si distinguevano piú, assorbite nell'oscurità del cielo.

– Guarda, Nicola! – mi disse a un certo punto con la testa all'aria. In alto era pieno di stelle grosse come ciliegie.

– Pulsano. E quando fanno cosí poi le vedi cadere.

– Cosí grandi non le avevo mai viste.

– Da ragazzo mi piaceva l'astronomia.

– L'astronomia?!

– Il fascino delle cose lontane, che appena si vedono.

Eravamo arrivati sul muretto che dava sullo sprofondo.

– Tu, papà, pensi a Dio?

– Col tempo sempre di piú. Ma non so se quando penso a Dio in realtà penso alle speranze. Forse quando uno prega spera e basta –. Agitava la testa cercando altre stelle. – E tu?

– Sí, certo, ma non ci credo.

– Dovevo insegnarvi meglio a credere.

– Non so se sarebbe cambiato qualcosa. Tu hai avuto chi lo ha fatto eppure né tu né i tuoi fratelli, a parte zia Lilia, siete veri credenti.

– Forse, – disse. – Ma invecchiando si recupera sempre qualcosa.

– Sí, ma questa è un'altra faccenda, è paura del tempo che passa, – risposi cercando di non infastidirmi. – Il nonno non crede, vero? – chiesi per spostare il discorso.

– Fino a una quindicina d'anni fa, penso proprio di no. Poi con quell'asma soffocante è diventato piú fragile.

– Io non ti capisco.

– Diventare piú fragili vuol dire sperare di piú. Ma se questo per te non è credere... – Mi toccò ancora il braccio col gomito. – Prima la politica ti inquadrava anche su questo. Ecco, sulla politica il nonno è stato religioso. Un vero credente, – disse sorridendo. – Però penso che dentro di sé, al buio, prega Dio come pregano quasi tutti quelli che hanno paura. Semplicemente non gli piace per niente la chiesa.

– E infatti ci ha portato in un monastero.

– E che ti devo dire...

Ridemmo all'idea di essere lí. A realizzarlo prima avremmo telefonato alla nonna per annunciare la nostra folgorazione lungo la via. Papà si accese una sigaretta. Quando gliene chiesi una mi passò quella che aveva in bocca e non fumò piú.

Dietro il muretto si vedevano pipistrelli planare e ciuffi

di alberi che si attorcinavano obliqui. Papà mi indicò quegli uccelli come fossero altre stelle pronte a cadere.

– E che il pensiero di cosa c'è dopo ti frulla in testa sempre di piú... Fino all'angoscia, – riprese.

– E non c'è niente che ti aiuta a capire.

– Proprio niente. O credi o non credi.

– Allora, papà, fai come dice Pascal, tu credi, se poi Dio non esiste non avrai perso niente... – gli dissi, ma non sorrise nemmeno.

Camminammo con le mani in tasca.

– Ci vuole coraggio per mettersi a credere. E io tutta quella forza di abbandonarmi all'ignoto mi sa che non ce l'ho.

Restammo zitti per altri passi.

– Secondo me tu credi perché hai paura della morte. E io non penso che la fede nasca dalla paura. Se no c'è qualcosa che non va, come nel tuo caso.

Non rispose.

– Comunque hai ragione, – disse cambiando tono, – ormai pensi anche tu a queste cose perché non sei piú giovane.

– Con calma. Non scaricarmi addosso la tua senilità da strapazzo. Fino a quarant'anni oggi si parla di gioventú. Lo dicono fior fior di sociologi.

– Ne dicono i sociologi... – disse ridendo. – Io alla tua età...

– Sí, lo so, avevi già un figlio e anni di matrimonio alle spalle.

– E un lavoro.

– E una casa.

– E un mutuo.

– Bravissimo. Tanti complimenti. Tu credi davvero che se avessi potuto fare queste cose sarei stato molto meno coraggioso di te?

– Non so, però non l'hai fatto.

– Già, perché il mio mondo è diverso dal tuo, te ne sarai accorto anche tu. Io non avrò fatto granché per cambiarlo, ma qualcuno per questi riguardi me l'ha consegnato già malandato.

– A tutti è stato consegnato un mondo malandato.

– Quelli della tua generazione ci hanno tolto quasi tutto. Non c'è nessuno che fino a trentacinque anni senza le spalle coperte possa costruirsi qualcosa di importante, andarsene di casa, avere piú di sette o otto stipendi di fila, lo capisci questo?

– Voi siete responsabili di non aver alzato un dito per cambiare niente, – mi rispose scrollando le spalle.

– È vero, forse dovevamo scimmiottare un nuovo '68... Sicuramente saremmo andati molto piú lontano...

– Avete perso la forza di incazzarvi come facevano gli uomini al tempo del nonno. Loro ci avevano indicato una strada. Voi cosa avete fatto? Né l'avete seguita e nemmeno ne avete imboccata un'altra.

– È come per Dio, non se ne esce, – dissi sbuffando.

– Non se ne esce mai, – tirò un paio di respiri come fossero boccate di fumo. – Però è bello qua.

Ci avviammo verso la stanza. Guardammo ancora il cielo pieno di stelle che cadevano, anche se non ne afferrai nemmeno una. Sulle lanterne vicino ai gradoni pipistrelli svolazzavano sbilenchi. Quando passai sotto ne ebbi paura e mi accostai stretto a lui che non si spostò.

Dal letto si sentiva rumore di campanacci. Giacomo ci aveva detto che erano le mucche che si spostavano verso altri pascoli.

Non parlavo con mio padre non so da quanti anni. Anzi, mi sa che era la prima volta. Forse perché non avevamo mai passeggiato in montagna in una sera di stelle. Forse perché adesso piú che padre e figlio eravamo due uomini. Soli di fronte al buio e alla paura dell'assenza di Dio.

Nessuno dei due sentí rientrare babbo. Il mattino mi svegliò la luce bianca che entrava dalla finestra. Ancora sbattevano i campanacci delle mucche.

Il rumore delle molle e il balzo giú dal letto a castello svegliarono mio padre. Nonno Leonardo rientrò in quel momento dal bagno, già pronto per uscire.

– Perché non ci hai svegliato, Nonò?

– Dormivate bene. Io sono andato con Giacomo a sentire la messa e a preparare il tavolo della colazione.

– Hai fatto un'indigestione di messe, – dissi sbadigliando.

– Se vai in un posto ti adatti, se no stai a casa tua che non sbagli mai.

Tirai fuori dalla valigia una maglietta pulita e uscii dalla camera. La porta di ingresso era spalancata e arrivava aria fredda come se fosse inverno. In poco tempo eravamo tutti e tre fuori. Il cielo era coperto di branchi di nuvole che correvano verso le montagne e in quel chiarore opaco, in quel silenzio luminoso, i pipistrelli sembravano una paura inventata nel buio.

In foresteria non c'era nessuno. Sullo stesso tavolo della cena erano appoggiate tre tovagliette e sopra una tazza capovolta. La caffettiera di fianco a una brocca di latte fumava come una vecchia locomotiva.

Chiedemmo al nonno se la serata era andata bene e lui rispose ancora scusandosi della deviazione. Non sapemmo mai niente di quell'incontro. Peccato, in quel viaggio per combattere l'ansia della disoccupazione e ripercorrere a ritroso la linea del mio tempo sarebbe stato bello sapere.

Il monaco lo salutammo sotto al porticato, sulla soglia della porta centrale. Ci strinse le mani con le sue che erano rugose come una castagna secca e poi agitò la barba per ripeterci che eravamo giovani e che messi cosí, in riga, mostravamo tutti e tre lo stesso disegno degli occhi. La stessa fossetta sulla guancia sinistra che si apriva quando ridevamo.

– Noi siamo belli di famiglia, – gli disse il nonno ridendo da solo.

Io e papà andammo in camera a prendere le valigie, lasciandoli un'ultima volta soli. Li ritrovammo in silenzio che guardavano la nuvolaglia e il cielo che non si apriva.

Ripercorremmo la spirale della montagna. In discesa si scorgeva meglio il paesaggio di abeti e faggi, di burroni e cespugli di more.

Nonno Leonardo nel viaggio da Fano a Barletta fu evasivo come suo figlio, i cui silenzi sembrano rispettare un segreto inconfessabile. Rispondeva a monosillabi fissando la strada che correva.

Restammo quasi sempre zitti per tutto l'ultimo pezzo di strada. Senza fare soste, come per riprenderci il tempo sfuggito. Nonno Leonardo non fiatò nemmeno per commentare il giornale-radio. Papà ogni tanto chiedeva se volevamo fermarci e subito babbo gli rispondeva: – Non c'è bisogno, andiamo avanti –. L'autostrada era noiosa come una domenica d'autunno.

Dopo tre o quattro di questi «andiamo avanti», dopo un altro paio di giornali-radio senza commento, superammo il cartello Puglia, attaccato all'altro con la sbarra rossa sulla scritta Molise. Il nonno, avendo contato i cartelli, intuí e iniziò ad agitarsi togliendo la mano dalla maniglia di plastica, aggiustandosi i pantaloni sulle ginocchia, chiedendo da bere. La radio adesso parlava di cantine vinicole e di oleifici aperti al pubblico in vari paesini del Foggiano.

Superammo un camioncino carico di ramaglia e frasche da bruciare.

– Ho paura di quello che dobbiamo trovare in casa.

– Fai bene, babbo, – rispose papà senza voltarsi. – Fai bene.

Mancava qualche minuto a mezzogiorno quando pagammo il pedaggio al casellante di Barletta. Già l'accento con cui ci rivolse il saluto, con tutte le «o» aperte di «bòngiòrno», avvertiva che eravamo vicini all'altra casa dei Russo.

Arrivammo su via del Mare, la strada che costeggia il litorale fino al porto. A destra scorrevano palazzoni squamati fatti spuntare su distese di roveti e sabbia su cui prima, a dar retta a mio padre, crescevano i cocomeri. Anche a Barletta la Punto amaranto costeggiò un viale di palme, ma con tutt'altra sicurezza. E anche qui la spiaggia era punteggiata di pochi bagnanti e ombrelloni chiusi, di camioncini e motocarri che vendevano birre e gelati. Il nonno aveva sgranato i suoi occhi, prima aggrottati nella diffidenza del viaggio e nella preoccupazione dell'arrivo. Papà aveva finalmente tolto gli occhiali da sole distendendo un poco la fronte.

Da un pezzo ero rimasto il solo che parlasse ancora italiano. Accadeva sempre cosí sia a mio padre che a mia madre, che pure si erano sforzati, a differenza dei loro fratelli, di non rivolgersi mai a noi figli in dialetto. La lingua origina-

le riaffiorava spontaneamente al contatto con la terra e se
ne andava solo quando tornavano a Milano, a fine estate.

Io avevo sentito parlare il dialetto pugliese fin da bambino, lo avevo imparato senza che nessuno me lo insegnas-
se, arrivando anche a distinguere le pronunce piú chiuse
del barlettano e quelle piú spalancate della cadenza di San
Ferdinando, il paese di mia madre. Forse saprei anch'io
parlare in dialetto, ma mai mi sono azzardato, sentendolo
sempre estraneo pronunciato dalla mia bocca. È un'altra
cosa che, anche se mi appartiene, è sfuggita cosí, senza
che il tempo ne sia ragione sufficiente. Senza che ne sappia trovare una vera causa.

Mio padre ci indicò in barlettano un uomo sulla spiaggia dalla pelle bruciata, vestito con pantaloni e camicia di
panno. Spingeva pedalando un banco con due serbatoi di
gelati chiusi da coperchi a punta. Babbo lo guardava e rideva scuotendo la testa.

– Ci fermiamo? – disse papà divertito.

– Sí! – gli rispose ancora con gli occhi accesi.

Accostò la macchina al marciapiede sotto una palma, tirò
giú il finestrino, mi disse di stare zitto e si sentí il gelataio
che gridava con voce catarrosa: – Ghiacciolini e *morèit*,
arangiàte birre cochecole gelati!

– Quando venivamo al mare lo prendevamo a pallonate
perché urlava come un ossesso, – disse mio padre ridendo.

– Disgraziati farabutti senza rispetto dei lavoratori! –
minacciò babbo. – Quello grida perché tutto l'anno fa il
mercato, e al mercato se non ti fai sentire non vendi!

– Io non l'ho mai sopportata tutta questa gente che non
fa altro che gridare, – gli rispose mio padre.

– Com'è che non capisci mai niente? I mercatari fino a
ieri vendevano per le strade e nelle case dovevano sentire.
E poi è la tradizione, – continuò risentito. – Quando so-

no andato al mercato di Bollate la prima volta sembrava un camposanto.

La macchina era già ripartita. La vista del mare oscurava le preoccupazioni della casa, che andavano e venivano come il sole quando scompare dietro i palazzi.

Svoltammo a destra. Costeggiammo il centro storico – Barletta vecchia – e arrivammo su viale Regina Margherita. Qui mi raccapezzavo benissimo anch'io. Dopo la fontana comunale *du 'mbrschlicc* – nome che nessuno sa cosa significa – si gira a destra in via Garibaldi. Qui, in fondo, al numero 37, prima di risbucare sul mare, c'è l'altra casa dei Russo. Terzo e ultimo piano.

Papà e nonno Leonardo non badarono al viale trafficato. Alla fontana la Punto svoltò ancora e la strada da viale cittadino divenne viuzza di paese immobilizzata nel tempo. Sui due lati cominciarono a sfilare case basse, tutte di un intonaco diverso, colori e forme incollati senza nessuna regola. Sulle soglie, vecchie coi grembiuli che sorvegliavano casse di pesche e di cipolle buttate ai loro piedi. Attaccati ai marciapiedi macchine, motozappe e camioncini pieni di trespoli e attrezzi dei campi.

– La casa di 'mbà Ciccillo è chiusa, – disse papà.

– Sí, ma non è morto. Adesso lui e comare Sterpeta vivono col figlio vicino alla chiesa di San Filippo.

Ciccillo me lo ricordavo bene. Era uno della sezione che si concedeva pochi tressette e parlava tanto di politica. Si metteva in diagonale tra i due giocatori e raccontava le notizie del giorno cercando di adescare la discussione. A me e mio cugino, se ci beccava da soli e con le mani in mano, ci prendeva in disparte e attaccava a parlare di un suo progetto di eliminazione della proprietà privata a cui tra qualche anno avremmo potuto partecipare anche noi.

Nonno Leonardo diceva sempre che ormai a Barletta gli

avrebbero aperto la porta solo questo Ciccillo e suo fratello, Ciccillo pure lui, ad accrescere una lunga serie di Cic-
cilli ancora oggi presente in città.

Arrivammo sotto casa. Costeggiammo la facciata senza
guardare i balconi. Papà si avviò al portone con la sua valigia e con quella di babbo, io con la mia, nonno Leonardo con tutto il carico di agitazione che adesso gli faceva
sfregare una mano dentro l'altra.

– Ecco il portone nuovo, – disse il nonno abbassando
le labbra. – Con tutte quelle cose che stavano da mettere
a posto...

Spiccava, in effetti, tra tutto quel vecchiume questo
portone, coi vetri a specchio che non permettevano di vedere all'interno. Ci sorprendemmo ancora in riga, inaspet-
tatamente riflessi.

Nonno Leonardo guardò il citofono. Sull'ultimo campanello compariva il suo nome.

– Almeno il nome sta ancora, – disse senza convinzione.

– Non è poco, – rispose papà, di nuovo di malumore.

Non dissi che avevo rimesso io l'etichetta l'ultima volta che ero passato.

Dopo quattro rampe di scale, con quei gradoni di pietra biancastra che sembravano levigati dall'acqua, nonno Leonardo si fermò stringendo il ferro della ringhiera e alzò la testa per guardare le scale che rimanevano da salire. Io ero già arrivato alla porta e dall'alto provai sconforto a vederlo cosí vecchio e affannato.

– Con calma, babbo, non c'è fretta, – gli continuava a dire mio padre. Insieme al fiato corto il nonno buttava fuori dei piccoli gemiti. Annuiva per darsi coraggio di uomo e rassegnazione di malato.

Restammo sul pianerottolo in silenzio, io e papà guardandoci sottecchi come dallo specchio retrovisore. Era nonno Leonardo che doveva aprire.

La casa era al centro del piano. Di lato c'erano altre due porte, una avvolta sulla maniglia e sulla serratura da strisce di scotch, quello che si usa per imballare i pacchi. Interrogai mio padre con gli occhi.

– La comare è partita. E quando parte scoccia le serrature, cosí nessuno può infilare l'occhio per spiare.

– Quella non fa altro che scocciare. Meno male che non ci sta, – disse il nonno con gli occhi fissi sul lucernario da dove entrava una luce che assolava quello spazio stretto. Sulla mano mi ritrovai le schegge di vernice della ringhiera.

Fuori dall'altra porta, invece, erano accatastate casse di

frutta. Quell'appartamento aveva una finestrella che dava sulla tromba delle scale.

– La casa di questi è metà della nostra e ci vivono in quattro. È gente povera, – disse il nonno bisbigliando.

– Ma roba da matti, nel duemila con una finestra che dà sulle scale... Ma dove sono rimasti, nella preistoria? – disse papà battendosi la mano sui pantaloni.

– Guarda che pure noi avevamo la finestra sulle scale. Tu da quando ti sei sistemato ti sei scordato tutto, – gli rispose babbo.

Adesso il respiro del nonno trovava un ritmo piú riposato. I gemiti si erano spenti e il petto non gli rimbalzava piú sotto la camicia.

Dopo quattro giri di chiave e un leggero colpo di spalla per risvegliare i cardini la porta si spalancò. L'ingresso era stretto e il nonno, con le sue spalle che adesso avevano ripreso a gonfiarsi e rigonfiarsi per l'ansia che dà una porta che si apre, non ci lasciava vedere. Mentre girava la chiave mi ritrovai a pregare che i segni di rovina non gli saltassero addosso, che la consunzione di quei muri e di quegli oggetti gli arrivasse lenta e diluita in tutti i suoi ultimi giorni di casa al mare. Una crepa alla volta, non la scucitura larga delle cose. Delle sue cose lasciate lí con quella fiducia che si ripone in uno scrigno chiuso a chiave.

Anche mio padre cercava di spostare la testa per afferrare il momento del sipario che si alza. Chissà cosa sperava per suo padre. Quanto a lui, invece, avrebbe retto da subito anche immagini sconfortanti, certo che l'abbandono e il silenzio non potevano che averla polverizzata. Per lui anzi era giusto cosí. In fondo questo meritavano tutti e quattro i figli. Mio padre avrebbe compresso le emozioni, leggendo quel degrado con la razionalità fredda di chi non si sente parte in causa. Lui non poteva assolutamente perdonare che tutto fosse andato in malora per mancanza di interesse e di impegno. Come poteva allora accettare di restare in mezzo alle rovine proprio nel luogo della sua infanzia di figlio piú piccolo? Di bambino e ragazzo che corre senza paura sulle conchiglie frantumate e che si affaccia sul terrazzo a guardare il mare?

Crepe, spacchi, buchi, frane di calcinacci se ne trovarono ininterrottamente per tutti quei giorni. E ogni crepa ingannava sembrando solo una ruga che non aveva intaccato l'anima delle cose e ognuna invece era stata capace di dilaniare per sempre.

Nessuno si salvò dalla scossa dell'impatto. Neanch'io, che aprendola per ultimo avevo visto i danni piú violenti. A guardarmi attorno sembrava che i tarli, per leggi non conoscibili, si fossero irrobustiti, moltiplicati, accaniti come cavallette.

Polvere e calcinacci trovammo sulle mattonelle d'ingresso e sopra il contatore della luce dietro la porta. Polvere e calcinacci sulle scale di legno che portano al terrazzo. E poi ancora sul tavolo della cucina, sulle sedie e sui lavandini.

I passi scricchiolavano sull'intonaco caduto e sulla polvere aggrumata in veli di briciole. Lasciammo le valigie sulla porta. La cucina era buia e senz'aria, appena si infiltrava un po' di sole dalle persiane e dai vetri.

Arrivammo in sala in fila come papere. Anche qui ombra e calore soffocante. Anche qui polvere e calcinacci sulla credenza, sullo specchio di noce macchiettato di ruggine, sulle vetrinette con le stoviglie che la nonna smerigliava ogni domenica mentre cuoceva il sugo delle braciole.

Non ci parlavamo. Ognuno iniziò istericamente a prendere iniziative per cercare di ridare vita e luce alle stanze, cercando di smuovere le cose senza frantumarle.

Nonno si avvicinò alle finestre che davano sui balconi,

iniziò a sballottarle avanti e indietro per aprirle. A ogni spinta pareva che quei vetri di una sottigliezza logora dovessero cadere e smetterla finalmente di vacillare. Finí per dare spazientito una spinta forte che alzò polvere, facendolo tossire e bestemmiare la madonna. Tirò fuori con rabbia il coltello pieghevole che teneva sempre in tasca e tagliò lo spago che stringeva le maniglie delle persiane. Tossiva, tossiva, tossiva. Con rabbia di uomo e debolezza di vecchio.

Luce e brezza entrarono insieme nella sala, spandendosi in soffi d'aria calda sul tavolo, in lame di sole che si gettavano nello specchio opaco.

Da esplorare rimanevano ancora la camera da letto, comunicante con la sala per mezzo di una finestra in alto sul muro, il bagnetto all'ingresso e il terrazzo. Nonno Leonardo continuava a tossire e a sputare nel fazzoletto.

– Babbo, dài, levati di qui.

– Sí, Nonò, è meglio.

– E dove mi vado a mettere che qui c'è polvere dappertutto!

– Con la sedia fuori dalla porta ti vai a mettere! – gli intimò papà.

Gli mancò anche la forza di opporsi. Se ne andò paonazzo sulle gote con la bottiglia d'acqua comprata all'autogrill e la sedia trascinata sul pavimento sporco.

Ci guardammo imbarazzati. Mio padre aveva gli occhi rossi di rabbia e vergogna.

– Vado a mettere in moto la cisterna su in terrazzo, altrimenti qui nemmeno ci laviamo. Dio che schifo, Dio che schifo! – continuava a ripetere a denti stretti mentre saliva sulle scale traballanti. – Dio che schifo, Dio che schifo! – si sentiva ancora da lassú.

L'acqua in quella casa passava dalla cisterna per poi

scendere a crollo nei rubinetti. Si riempie una volta al giorno, nel giro di cinque-sei ore. In tutto l'altro tempo gocciola. Una goccia alla volta picchietta sulla distesa d'acqua e, per l'eco del barile di ferro, il rumore arriva fino in camera da letto. Era un altro aggeggio malandato, che quasi nessuno aveva piú. Papà mi raccomandava di non bere assolutamente l'acqua dei rubinetti e di buttare ogni giorno litri di Amuchina nella cisterna. Del resto lui, diffidente com'è, disinfetterebbe anche il mare prima di farcisi il bagno.

Rimasi solo nella sala calda e impolverata. Il sudore mi macchiava la camicia. Mi affacciai al balcone. La strada era vuota, avvolta nel bollore della controra. Solo dal tardo pomeriggio qui si rialzano le saracinesche dei negozi e le vie tornano lentamente a formicolare. Solo quando il caldo si smorza si ricomincia. Allora tutti s'incamminano in riva al mare, vicino ai baracchini, o se il tempo non permette, in piazza.

Presi la scopa e iniziai a passarla sul tavolo e sul comò per buttare a terra i pezzi piú grossi di polvere e calcinacci. La scopa infilata sotto il mobile da cui esce il letto mi portò un piccolo stereo. L'avevo comprato prima di partire con Veronica, la ragazza modenese. C'era ancora dentro un compact disc dei Rolling Stones. Chissà come, partí. Venne poco dopo mio padre a spegnerlo dicendomi che non c'era proprio niente da cantare.

Avevo fatto diversi mucchi di immondizia per la stanza. Dalla porta mi lanciò la paletta.

– Nonno?

– Sulle scale che guarda le travi.

– L'acqua?

– Ha iniziato a riempirsi. Bisognerà comprare l'Amuchina appena i negozi si decidono ad aprire. Guarda di non accendere la ventola in bagno perché deve esserci caduto un piccione, perde piume, alcune sono finite nel bidè.

– Che imbecille, morire nella ventola di un cesso...

– Lunedí, martedí al massimo voglio chiudere questa faccenda e andarmene. Io in mezzo allo schifo non ci sto.

– Dài, calmati, va solo ravvivata.

– Va solo venduta, – disse già tornando in cucina.

Adesso sentivo distinto lo scroscio della cisterna, l'acqua che cadeva sul ferro tintinnando. Quel rumore non ci avrebbe piú lasciato. Nemmeno la notte.

Iniziai a buttare stracci zuppi d'acqua e candeggina. La pezza si appiccicava per terra con uno schiocco e il pavimento alzava ancora polvere. L'acqua giallognola del secchio divenne presto torbida, poi nera. Papà tornò con un sacco gonfio per metà.

– Che c'è lí dentro?

– Le coperte e il copriletto della camera da letto.

– Che ne fai?

– Li butto. Se li sbatto soffochiamo. E poi sono orribili, vecchi e consumati.

Eravamo esausti e pieni di sudore come muratori sui tetti.

– Ma non ti dispiace buttare via questa roba?

– Lo sai cos'è che mi dispiace.

Gettai un altro straccio per terra. Fece il rumore di uno schiaffo in piena faccia.

– Da ragazzo mangiavo sempre la frutta su questo balcone. Scodelle di pesche con lo zucchero. Si vedeva il mare. Tutto il mare con le barche. Ora è spuntato questo coso che copre tutto, – indicò il palazzo. – Da piccolo non prendi mai in considerazione che ti può spuntare qualcosa davanti. Gli zii, – continuò appoggiato sulla soglia guardando da un'altra parte, – ci venivano a fumare di nascosto le prime sigarette quando i nonni erano a letto. Invece

sull'altro balcone, di là in cucina, ci stavano la nonna e la
zia Lilia a sgusciare fave e piselli. Adesso se la nonna esce
sul balcone crolla di sotto...

– A casa ho visto una foto della nonna e la zia sul balcone.

– Se non fossimo venuti via tutto sarebbe ancora in ordine.

– Però puoi dire che i nonni vi hanno regalato una bella infanzia, no?

– L'infanzia è bella di suo.

Guardai fuori. Pensai che per affezionarsi a qualcosa
possono bastare le parole di un altro.

La cisterna scrosciava e dal rubinetto l'acqua iniziava a
scorrere un poco piú chiara. Sul pianerottolo era rimasta
la sedia abbandonata sotto il sole che martellava il lucernario. Andai a vedere. L'abbaino della casa dei vicini si
era aperto e uscivano voci, tra cui quella del nonno. Fuori dalla porta le casse di frutta non c'erano piú. C'erano
secchielli e palette incrostati di sabbia accatastati in un
canotto sgonfio.

Me ne andai sul balcone a fumare. Il pavimento della
sala si era già asciugato. Dal palazzo di fronte mi salutò
un bambino pieno di ricci castani. Chiamò la madre per
mostrarle quelle persiane stranamente aperte.

Verso le sette le stanze presero un aspetto appena piú accettabile. Lo sciacquone del cesso, ad esempio, gettava acqua. E siccome dal suo funzionamento dipende la vivibilità di una casa, per quei giorni riuscimmo ad arrabattarci.

Io e papà ci infilammo velocemente sotto la doccia fredda, asciugandoci i capelli sulla soglia dei balconi come panni lavati. Mi raccontò del bagno, che adesso era piú grande, addirittura col bidè. Prima né bidè né doccia, solo il cesso e il lavandino. Appena un metro quadro di spazio.

– Ci facevamo il bagno al mare ogni volta che si poteva. Lo zio Mimmo che faceva il muratore e lo zio Mauro che faceva il meccanico andavano a lavarsi al mare, in casa venivano solo a togliersi il sale di dosso. L'igiene, quella vera, è una cosa recente.

– E poi tutto è cambiato...

– Sí, nel giro di una quindicina d'anni. Io sono del '55, – disse facendo i conti ad alta voce, – me ne sono andato nel '70, e già non c'era quasi piú nessuno senza il bagno in casa, senza la tv e soprattutto non c'era piú nessuno che in casa ci teneva le bestie... Qualcuno ci metteva ancora la bicicletta. La mamma stessa da piccola ha tenuto per qualche anno un asino in casa, lo sapevi? E a me il materasso lo facevano con le foglie di granoturco. Se adesso lo vai a raccontare non ci credono... È stato tutto troppo veloce per capirci qualcosa... e noi abbiamo dovuto essere vecchi e

nuovi, e ci siamo ingarbugliati dentro –. Abbassò le labbra
guardando fuori. – O per lo meno, io mi sono ingarbuglia-
to, – fece un sorriso al bambino del balcone di fronte che
continuava a salutarci con la mano. – E nessuno di quelli
come me, senza il padre con «la fabbrichetta», nel giro degli stessi anni poteva piú permettersi di restare qui, dove
non c'era il becco di un lavoro. E guarda, Nicola, che oggi
non è cambiato niente. La cosa assurda è che oggi, anche
se non sembra, non è cambiato proprio niente…

– Quindi gli amici di quegli anni, dell'adolescenza, non
li ripeschi qui in giro.

– Pochi, pochissimi. La maggior parte è piú facile trovarli
a Torino, Milano, e comunque al nord. Non ne incontrerei
a Barletta piú di quanti ne ho incrociati al supermercato,
alle feste dell'Unità, in pizzeria…

– E il nonno?

– I suoi sono qui. Quella generazione ha visto partire i
figli, ma in pochi li hanno seguiti.

Mi affacciai al balcone. Per la via scorrazzavano ra-
gazzetti sui motorini che schiamazzavano in dialetto. Sui
marciapiedi sfilavano donne appese alle braccia dei mariti
e si vedevano ancora vecchie con le vesti uguali a quelle
della nonna che fissavano il vuoto impassibili come vedet-
te di guardia.

Papà andava avanti e indietro per la stanza con le mani
dietro la schiena.

– Che hai? – chiesi.

– Vedrai che questa casa se la prendono i *marnaríd*.

– Chi?

– I vicini, sono una famiglia di marinai. Una famiglia povera. Ormai vale quattro soldi e quelli vivono in un buco.
Butteranno giú i muri e faranno un unico appartamento.

– E allora?

– Allora niente –. Continuava a marciare. – Solo che vendere questa catapecchia vuol dire non avere piú un motivo per ritornare qui.

– Non è vero, – risposi.

Agitò la mano in avanti come a dire lascia stare. – Perché farsi mille chilometri, eh? Per andare in albergo come hai fatto tu? Per passare qui sotto e vedere che dove sono nato e cresciuto ora ci vive qualcuno che nemmeno conosco? – e agitò ancora la mano.

– Cosí vanno le cose.

– Cosí vanno le cose dove si è sputtanata la famiglia! Dove i fratelli nemmeno si guardano piú in faccia!

– E allora aggiustatela! Nessuno ha firmato ancora niente.

– Non è questo. È solo che bisogna fare in fretta.

Stava per dire altro quando rientrò il nonno con gli occhi brillanti e un cesto di pesche in mano.

Babbo si lavò come noi sotto la doccia fredda. Andò in camera da letto a cambiarsi e ancora buttò qualche colpo viscerale di tosse, ma senza bestemmiare. Di copriletto e coperte buttate non disse nulla. Nemmeno lui aveva problemi a sbarazzarsi delle cose sfasciate dal tempo.

Tornò in sala pettinandosi. Le tempie erano scoperte, come sulla testa di papà, e come si inizia a vedere anche sulle mie se alzo i ricci che mi scendono attorno agli occhi.

Giú in strada c'era adesso un via vai piú acceso, con le scampanate delle chiese lungo il viale. In casa iniziava a entrare aria piú buona. Papà se ne stava stravaccato sulla sedia a mischiare un mazzo di carte napoletane trovate in qualche cassetto della credenza. Mangiai una pesca.

– Non la devi sbucciare, la scorza si toglie solo a quelle pelose! – gridò nonno Leonardo.

– Lavala con l'Amuchina, – intervenne mio padre.

Mi mangiai questa pesca con la buccia e senza Amu-china, facendo cadere gocce di succo sul tavolo. Adden-tandola mi ricordai che durante le vacanze il nonno non si presentava in casa con quei noiosi sacchetti di lattuga, ma con cesti di pesche, albicocche, fichi e fioroni che gli amici gli regalavano a carrettate solo per la gioia di ve-derlo rispuntare alla sezione tutto elegante nel suo vesti-to nocciola.

Ci aspettavamo che parlasse dell'incontro coi *marnaríd*, e invece non disse niente.

– Andiamo fuori a mangiare sí o no? – dissi a un certo punto a quei due che se ne stavano imbambolati a guarda-re una ragnatela sul muro.

– E dove andiamo? – chiese mio padre.

– Da Ninetto, cosí assaggi il cappuccio di mare, – ri-spose babbo.

– Bene. Allora andiamo da questo Ninetto o aspettiamo di crepare di fame?

– No no, non aspettiamo, – risposero in coro.

Il nonno scese le scale lentamente, ma senza sforzo. Nell'atrio del portone, vicino al contatore dell'acqua, c'e-ra una bicicletta legata col catenaccio.

– Noi la tenevamo in casa la bici, e chi si fidava a la-sciarla qui?

– Te l'avevo detto, – mi disse papà.

– Tuo padre e i suoi fratelli a turno venivano a caricarsela in spalla quando arrivavo dal lavoro e la portavano su fino alla terrazza. Prima però, quando erano figli veri, non bestie.

– Nonò, ma è vero che in casa avevate gli animali?

– Ohè! Eravamo piú bestie che cristiani. Un ciuccio e quattro galline, e poi il cane, sempre. Tutti assieme come nell'arca, – disse ridendo. – Quando poi l'asino andava in amore, dovevi sentire che serenate...

– Noi invece in casa avevamo solo il canarino, vero babbo? – chiese papà, proprio come un figlio.

– Voi non ne avete saputo niente della miseria, – gli rispose girando la testa. Papà lo guardò con distacco. – E comunque sí, solo l'uccellino. Senza gabbia però, lo tenevamo cosí, libero, – riprese babbo. – L'ha fatto volare la nonna perché cacava da tutte le parti. L'ha preso e gli ha detto «vai con Dio!» – disse allargando le braccia con le mani aperte. – Ma quello mi sa che non è arrivato cosí lontano...

Fuori dal portone nonno ficcò immediatamente gli occhi nel negozio del vinaio. In un attimo la porta si aprí e lo vedemmo abbracciare una ragazza sui trent'anni, piccola di statura, i capelli legati con la coda alta.

– È la nipote del vinaio, 'mbà Vcínz, l'amico che è morto l'anno scorso. Andavo a catechismo con uno dei figli, – mi spiegò mio padre.

Nonno Leonardo uscí insieme alla ragazza, che baciammo sulla guancia dandole del tu.

Nonò le prese le mani e gliele strinse forte con le sue due che erano grandi. Il monaco sulle montagne l'aveva salutato allo stesso modo. Con quel sorriso e quei gesti.

Ce ne andammo respirando il fresco che arrivava dal mare. Imboccammo via Mazzini, un'altra stradina come quella di casa dove sfilavano solo vecchie, case basse e motocarri.

Non si riuscivano a fare tre passi in pace: comari amiche della nonna che scattavano dalle sedie per salutare il nonno e, piú raramente, papà, che se n'era andato quando ancora la fisionomia del volto era in divenire. Queste vecchie tutte investagliate e ingrembiulate si rivolgevano al nonno dandogli del voi, dicendo «accomodatevi, compare Leonardo, tengo giuste tre sedie dentro», «favorite almeno un caffè cosí mi raccontate di comare Anna e dei vostri figli». Nemmeno il tempo di rifiutare che, via, una bufera infernale di domande in dialetto stretto sulla nonna, la zia Lilia e soprattutto la casa. – La tenete ancora? E vi conviene lasciarla lí?

Lui era bravo a stroncare con amabilità queste conversazioni. – Mi dovete perdonare comare se vado di corsa ma sta mio fratello che mi aspetta, voi capite che sono anni.

La vecchia allora si scusava a sua volta rilanciando offerte di boccaccetti di olive e pomodori secchi.

Papà lo ritrovai sull'altro marciapiede a parlare con un signore alto e pelato, con dei grandi occhiali da miope. Nonno si avvicinò e mi indicò in fondo alla via. – Lí abita Ciccillo, – disse.

– Il tuo amico?

– No, mio fratello. Non ci dobbiamo passare perché se mi vede non andiamo piú al ristorante.

– Ma se ci tieni ci passiamo anche adesso.

– Che bello stare qui. Ti piace a te, Nicò?

– Sí, – risposi. E avrei voluto dirgli che era bello perché tutto passava dal pensiero di loro due. – Sí, – ripetei.

– Domani devo andare presto da lui e dall'altro Ciccillo, che se mi vedono in giro senza che li ho salutati ci litighiamo.

– Sei sicuro che Ciccillo è l'unico amico che ti è rimasto?

Stette zitto, poi annuí scrollando le spalle. – Quando te ne vai è finita. A meno che non sei uno della famiglia, e allora, forse, qualche cosa si salva. Forse… – Stette ancora zitto, incantato a osservare suo figlio che prendeva la spalla dell'amico occhialuto senza realizzare di essere nei movimenti identico a suo padre. – Pure quando muori è cosí, e

se te ne vai è la stessa cosa... Alla fine è la stessa cosa –.
Lo guardai perplesso e lui, pensando che la mia occhiata
fosse di disapprovazione, sbottò: – Nicò! Nicò, non fare
il giovanotto che corre ancora dietro agli aquiloni! Nella
vita di un altro o ci stai o non ci stai!

Non la pensavo diversamente, solo che nonno Leonardo svuotava sempre i ragionamenti fino a lasciare il solo
scheletro del concetto, che è un boccone difficile da buttare giú. Distanza e morte magari sono anche un'identità
– magari –, ma inarticolati cosí, in quelle parole asciutte,
mi stizzivano. Questo, del resto, lui invidiava a me: la parola che accompagna tutti i passaggi. Questo io invidiavo
a lui: buttare fuori l'idea nuda e cruda. La complessità di
mio padre è allora proprio quest'altra: solo qualche volta
un passaggio. Solo qualche volta l'idea nuda e cruda.

Quando papà ci raggiunse all'angolo della strada da cui
la vecchia non ci poteva vedere, nonno gli chiese in dialetto chi fosse quello lí e lui sempre in dialetto gli spiegò che
era un compagno delle scuole medie, uno che non avrebbe mai riconosciuto.

– Questo qui arrivava in classe dopo aver lavorato già
tre o quattro ore in campagna. Arrivava sudato, senza un
libro, con un quadernetto sporco di terra per tutte le ma-
terie. Si sedeva, lo apriva, ci metteva sopra la testa e si addormentava di sasso. Quasi sempre la maestra lo lasciava
dormire, anzi per farci stare zitti certe volte diceva: «Ragazzi, silenzio che Domenico dorme!»

Era finita a passo di processione anche via Mazzini. Finalmente spuntava viale Regina Margherita. Non piú strade silenziose e case basse, non piú vecchiette coi grembiuli sulle soglie, ma traffico cittadino, negozi di vestiti, di pizza al taglio, market, edicole. E viavai di gente che andava come noi verso Barletta vecchia.

Lungo il viale il nonno non salutò nessuno. E nemmeno mio padre. A parte l'edicola *du Russ* («del Rosso», cioè di un signore coi capelli carota) babbo non trovava piú la disposizione delle sue conoscenze. Confuse, cambiate, cancellate. Soprattutto cancellate. Adesso fuori da via Mazzini c'era il discount e sul marciapiede uno spazio recintato per i carrelli. Né piú né meno che a Bollate, che a Milano.

Non che nonno Leonardo non immaginasse che anche qui strade e piazze sarebbero diventate via via piú simili a quelle di una vera città. È che a queste trasformazioni lui non si sapeva adeguare.

– Ecco *'mbrschlicch*, – disse papà fuori dalla via. Nonno Leonardo sorrise un momento. Poi zitto, impettito nella giacca a coste che metteva ormai anche d'estate, freddoloso com'era diventato.

– Non si capisce piú niente! – commentò alla fine del viale.

– Babbo, è tanti anni che manchi, è solo per questo –. Papà nel suo silenzio sembrava godersela di piú quella passeggiata. – Devi essere contento che anche qui le cose cambiano, almeno in superficie.

Babbo prima abbassò le labbra, poi, rassegnato, annuí.

La strada di Barletta vecchia è tutta pavimentata di sampietrini. A destra si erge la statua di Eraclio e dietro la chiesa del Rosario. Bianchissima.

Papà doveva comprare le sigarette. Anche lui si guardò attorno senza raccapezzarsi.

– È giú di là, vieni con me, – gli dissi.

– Io vi aspetto qui. Anzi dietro Eraclio, sul fianco della chiesa del Rosario, prima che tolgono pure quella.

Ci infilammo in una traversa angusta come una calle veneziana. Si accendevano piano piano i lampioni anche in fondo alla via, anche dietro di noi sulla strada principale, anche sulla chiesa del Rosario.

– Sai che mi sembra piú bella?

– Diversa? – chiesi.

– Diversa, ma meglio cosí. Meno male che non è piú la città dove ti assordano gli ambulanti, la città dei pizzicagnoli e della pescheria che svuota in strada i secchi d'acqua lercia.

Papà era abituato ai cambiamenti, piú del nonno. Stravolgere la giovinezza, interrompere gli studi, venirsene via da solo, lavorare, studiare di sera, rifarsi qualche amico. E di scatto sposarsi e far nascere me. Tutto nel giro di pochissimi anni, come se le evoluzioni interiori della gioventú non bastassero. Nonno Leonardo no, uno sradicamento solo. E violento. E mai dimenticato.

Dal tabaccaio c'erano uomini che schiamazzavano in dialetto còi bicchieri di birra e le schedine in mano. L'italiano nei bar, qui, è ancora raro come il quadrifoglio.

– Due pacchetti di Muratti.

Quello li appoggiò sul banco senza guardarci, concentrato a tirare somme su un blocco. Quando alzò gli occhi per ritirare i soldi fissò chi aveva davanti buttando in fuori le labbra e grattandosi la fronte punteggiata di lentiggini. Papà rimase in attesa. Quello schioccò le dita ed esclamò: – Russo!

– Giusto.

– Non mi ricordo se Mauro o Riccardo, comunque il piú piccolo.

– Sí, Riccardo.

– Siete in villeggiatura?

– Siamo venuti a mettere un po' in ordine casa, – rispose intascando i pacchetti.

– Ah. La tenete ancora quella casa? – chiese sorpreso. – Russo, ditelo a me se volete venderla.

Papà si spazientí all'istante. – Arrivederci, – mugugnò voltandogli le spalle.

Appena uscimmo scartò il pacchetto, gettò la carta argentata e se ne accese una. I lampioni avevano preso piú colore. Sembravano vecchie lanterne.

– Chi era? – chiesi.

– Il figlio *du Russ*. Il nonno conosce bene il padre, che è un uomo in gamba. Il figlio invece è sempre stato un coglione. Gli è andata bene che la famiglia aveva un po' di soldi per piazzarlo lí dentro a vendere francobolli e sigarette.

– Da *u' Russ* ci andavo col nonno per comprare i fiammiferi quando rientravamo dalla sezione.

– Chi aveva un negozio non se n'è andato, – disse.

– È sempre stato cosí, no?

– Tutti che sanno di quella casa. Tutti che s'immischiano, che vergogna! – gridò, ancora sbattendo le mani sui pantaloni.

Babbo si era seduto su una panca e se ne stava a testa in

su a guardare il campanile. Papà vedendolo tacque e infilò le mani in tasca. Poi indicando suo padre disse: – Prima si ritrovava sempre qui con gli amici per stabilire la giornata di lavoro del giorno dopo. Quando si marinava la scuola era meglio evitare tutta Barletta vecchia, tuo nonno era pieno di amici pronti a fare la spia, – mi disse cercando di schiarire la voce. – È brutto vederlo lí da solo. Prima era sempre in mezzo alla gente.

A Milano adesso non solo nonno Leonardo, ma nemmeno mio padre aveva amici. Quasi tutti persi per strada da quando aveva cambiato lavoro, lasciando la ditta dove era stato assunto sedicenne e dove si era rifatto conoscenze importanti. Quasi tutti i suoi amici di allora li ricordo bene. Li ritrovo ogni tanto nelle foto dei miei primi compleanni, dove attorno al bambino pacioccone piazzato sul tavolo insieme alla torta compaiono le facce di questi ragazzoni con le barbe incolte e i vestiti sgargianti che ridono tra loro.

Poi, invece, il secondo figlio, il mutuo, la chiusura della ditta. O forse no. Piú realisticamente la noia e la paura che sempre ci fanno gli altri. Le distanze brevi ingigantite dalla mancanza di interesse e di partecipazione alle sorti diverse dalla nostra. E cosí la sequela ininterrotta delle sere alla finestra con le Muratti appoggiate sul davanzale e dentro la televisione che blatera. Gli spazi, anche solo quelli da guardare, si stringono. Non oltrepassano le case davanti. I confronti si azzerano. Il ricordo del padre ragazzo che invita a casa altri padri ragazzi, o che mi tira dietro addormentato, imbacuccato e strillante per pizzerie, case di amici, feste di paese è soppiantato dall'immagine di lui crocifisso col giornale, sprofondato senza piacere nel divano vicino all'abat-jour. Tanto è bellissima quella precocità di padre-uomo-ancora ragazzo, tanto mi infastidisce il suo strascinarsi stanco e sciancato, da condannato all'isolamento. Forse perché nel tempo sento di correre anch'io questo rischio. Forse perché mi sembra ancora giovane, mio padre.

Nonno Leonardo ci venne incontro. – Dentro è sempre una cannonata, – disse.

– Come tanti anni fa? – gli chiesi.

– Pure piú bella. Corri, vai a vedere.

– Nonò, dopo. Qui crepiamo di fame, «caschiamo morti dalla fame!» – gli dissi imitandogli la voce di Totò.

– E va bene… Andiamo, alla svelta. Domani tanto torniamo, che è domenica e non possiamo fare niente.

Papà alzò gli occhi, immusonito all'idea di dover passare un giorno bloccato.

Passeggiammo per strade in salita, affollate di gente che si spandeva lungo tutti gli spazi. Costeggiammo piccole chiese di pietra grigia. Quelle case addossate, soffuse di luce di lanterna davano un senso di avvolgimento che un poco alleggeriva la stanchezza.

– E devi dire che questo era il quartiere piú povero! – esclamò babbo guardando i tavoli dei ristoranti lungo i marciapiedi.

– Era tutto sporco quando venivamo noi, – disse papà.

– Ti piace come l'hanno cambiato? – chiesi al nonno.

– Sí, è bello, ma è sempre un'altra cosa. E ci sono tutt'altri cristiani.

Mi ricordai che Veronica l'avevo baciata in una di queste viuzze. Sentivo il fresco del mare, in lontananza si intravedeva il castello. Ci fossero stati gli amici ci saremmo divertiti.

– Babbo, ci mettiamo fuori o dentro?

Ci sedemmo fuori. Per raggiungerci i camerieri attraversavano la via stretta carichi di vassoi e di piatti in equilibrio sulle braccia. I tavoli, circondati da vasi di albaspina, erano pieni di famiglie allargate a nonni e nipoti. Come noi. Il cameriere che iniziò a servirci acqua minerale e vino bianco della casa era piú giovane di me, con la faccia ancora fresca e riposata. C'era tutto attorno la brezza di giugno, la gente che passava vociando in dialetto e la luce dei lumi da strada. Forse era l'idea di aver riconquistato casa che ci faceva sospirare con leggerezza, guardandoci negli occhi come quasi mai i figli fanno coi padri.

Il nonno riempiva ogni volta un terzo del bicchiere anche a me e papà. Non riprendemmo a parlare nemmeno dopo l'arrivo dei primi antipasti.

– Sta il cappuccio di mare? – chiese il nonno.

– Certo che sta, – gli rispose gentile il ragazzo.

E il silenzio continuava, senza sorrisi, senza che intendessi piú adesso se ci fosse tra noi spensieratezza o se ci invadesse un altro silenzio, opprimente, traboccante incomprensione e sfiducia. Non capivo se mio padre era solo stanco, o preoccupato per suo padre, per me e il mio lavoro, per mamma e Laura sole a casa. Se stufo di non potersi estraniare a guardare lontano o se non sopportava che anch'io fossi lí. Né capivo fin dove la stanchezza fiaccava il nonno, fin dove la preoccupazione o la convinzione di essere lí per un addio, cosa che rende sempre piú concreta l'immaginazione della morte, che spinge a tirare le somme in maniera piú precisa, arrivando a contare e ricontare gli spiccioli di tempo che dovrebbero essere avanzati nelle tasche.

La nonna telefonava due volte al giorno. Papà leggendo il nome sul display passava a suo padre il telefono. Babbo dopo averlo guardato male, da genitore severo, passava quell'aggeggio a me, che non sapendo a chi rigirarlo finivo col rispondere e aggiornare nonna Anna sulla situazione, improvvisando per loro scuse infantili.

– Be', babbo, ora dicci che ti hanno detto i *marnaríd*, – disse papà succhiando una cozza.

Si pulí le labbra e scansò il piatto: – Quelli vorrebbero casa nostra.

Papà mi guardò con aria superiore. Nonno Leonardo intuí l'espressione. – E questa è una cosa che la sapevamo tutti, – disse aprendo le mani. – Quella poi, il marito non ci stava in casa, mi ha pure detto il prezzo che la vorrebbe pagare. Ma per me è basso… Spero proprio che è basso, – aggiunse alzando la voce. – Comunque io non ho detto né sí né no. Ancora dobbiamo vedere come sta la terrazza, ancora deve venire l'immobiliare a fare la valutazione…

Papà alzò gli occhi sfinito alla sola idea di dover aprire la porta del terrazzo.

– Dimmi tu che ne dici, Riccà, – concluse sempre in dialetto.

– Babbo, novantamila euro, novantacinque al massimo. Se il terrazzo sta bene. Ci sono i balconi da rifare, sono pericolanti, i muri da intonacare e stuccare. Dove non si è staccato niente si sono formate le bolle d'aria, le hai viste? e gli impianti non sono a norma, né quello della luce né quello dell'acqua, e poi il gas è ancora con la bombola, che è una barbarie –. Papà guardando nel piatto avrebbe continuato a lungo con quell'elenco. Babbo lo fissava incarognito. Gli strattonai la gamba con la mia e lui finalmente tacque.

– Novanta, novantacinquemila, – ripeté. – Cosí hanno detto pure gli altri.

– E chi sarebbero questi altri? – chiese il nonno.

– Mimmo, Lilia e Mauro.

– Ah, quindi vi siete sentiti? – chiese con un accenno di speranza.

– Nemmeno una volta, – gli rispose senza rispetto, – da quando erano sicuri che potessi venire giú io sono tutti spariti. Né un consiglio né un parere. Come al solito.

Babbo non diceva niente, spingeva ogni tanto il piatto ancora piú al centro del tavolo. Papà fumava scenerando in un vaso. Finché finalmente sbottò:

– Questa gatta da pelare me la sono presa solo perché me l'avete messa in mano tutti quanti, come se io ci guadagnassi qualcosa! – Finí di tirare quel rimasuglio di tabacco con accanimento. – Io ho accettato perché me l'hai chiesto tu e per farmi un giro al paese con voi due! Non c'è nessun'altra ragione per cui sono qui.

Ritornò il silenzio. – Senza quei danni quanto poteva valere? – chiesi.

– Il doppio, – rispose senza guardarmi.

– Ve ne siete fottuti tutti! – gridò il nonno dando un pugno sul tavolo. Qualcuno si voltò verso di noi. – Dopo che mi sono ammalato ve ne siete fottuti senza pietà! Uno piú dell'altro, uno peggio dell'altro! – Tossí diventando di colpo paonazzo sulle guance, sotto gli occhi d'acquamarina.

Adesso guardavo in basso anch'io, senza voler essere

nemmeno piú spettatore. Mi vergognavo, di me stesso e di loro. Nonno Leonardo agitava la testa continuamente.

– Piantala, babbo, con questo discorso. Ogni volta questo maledetto discorso.

– Aveva ragione tua madre, Riccà, aveva ragione tua madre! Dopo aver cresciuto tutto quel vagone di nipoti, – continuò lui senza ascoltarlo, – dovevamo tornarcene qui! Via da quella città che non è nostra, dai supermercati, dalla fabbrica, da Milano e dal diavolo che vi porta via tutti quanti! – Si soffiò il naso. – Se uno può è meglio che se ne va a morire a casa sua. E noi no invece! – e tirò un altro pugno sul tavolo che fece voltare altra gente e traballare i bicchieri e agitare il vino nella caraffa. – Noi no! Sempre lí pronti a qualunque cosa, lí in mezzo agli sconosciuti! E perché? Crepare lí perché? Per tenere insieme quali figli? Quali nipoti, Riccà, che qua nessuno si guarda piú in faccia con nessuno! – Papà non rispondeva. – Come bestie siete diventati! I miei figli sono peggio delle bestie! – concluse nonno Leonardo strozzando la voce e spalancando gli occhi.

Credo che papà avrebbe voluto litigare. Scaraventargli in faccia le sue ragioni. Gridarle come si gridano le cose mai dette e covate in una solitudine vecchia di anni. Nonno Leonardo forse lo avrebbe anche desiderato pur di afferrare un motivo, una giustificazione a quel disprezzo soffocato nel silenzio. Ma mio padre davanti a me non sbraiterebbe per nulla al mondo. Davanti ai figli bisogna sempre rimanere composti. Sempre far finta che tutto va bene e che la situazione è sotto controllo. È un'altra delle sue convinzioni strambe di cui non si rende conto. Negare e stare zitto. Negare e fare finta di niente. Negarmi anche i fatti piú evidenti convinto che ricoprendo tutto di silenzio io possa vivere di immagini piú felici.

Arrivò a smorzare la tensione il cappuccio di mare. Babbo trovò in quella tazza ricoperta di nero di seppia un rimasuglio di pazienza, di forza per versarci del vino bianco.

– Be', ora basta, che stiamo in vacanza, – concluse passandosi una mano sugli occhi illiquiditi.

Papà alzò il bicchiere cercando di tenere piú alta la faccia.

– Salute, – risposi sbattendo il mio calice contro i loro, che poi non si toccarono. – Com'è questo cappuccio, Nonò?

– Una cannonata.

– Secondo me centomila euro ce li danno, – aggiunsi.

– E che dite dei vicini? – chiese babbo.

– La nonna che dice?

– A lei sta bene. Dice che sono affabili e che sono figli di famiglie povere e oneste. Ed è vero.

– Babbo, ma cosa vuoi che ne sappia lei della loro onestà? Li avrà visti due volte in vent'anni… – disse papà ancora seccato.

– Glielo dice Gaetana.

Gaetana è quella che riempie la porta di scotch prima di partire. È una vecchia impicciona, cara amica di nonna Anna. Un personaggio da commedia dell'arte. Piú volte, uscendo di casa, l'abbiamo trovata dietro la porta a origliare o nascosta alla peggio dietro la cannicciata quando mangiavamo in terrazzo.

– Ovviamente. Quello che dice Gaetana per mia madre è vangelo, – rispose sconsolato papà.

– Come non la posso vedere non ve lo immaginate nemmeno.

– Ma è cosí terribile questa donna? – chiesi.

– Nicò, quella oltre a essere impicciona è pure una fattucchiera. Passa la giornata a leggere l'olio nell'acqua, le carte. Tutto legge, al di fuori delle cose che si devono leggere.

– E a te che t'importa?

– Mi importa che queste cose le faceva fare pure alla nonna. L'aveva convinta che erano vere. E tu lo sai che tua nonna su questo è ignorante.

Papà sorrideva sardonico, con le sopracciglia arricciate. Mi ricordava il ritratto di Machiavelli che c'è sul manuale di letteratura.

– È inutile che ridete come due avvocati, – disse il nonno avvicinandosi. – Certe cose ti possono fare impazzire le cervella, – continuò battendosi l'indice sulla fronte. – Lo sapete che quella lí tanti anni fa, tu Riccà non eri nemmeno nato, aveva convinto la sorella a curare il bambino con le febbri mettendolo sul terrazzo in una bacinella d'acqua ghiaccia? Diceva che facendo cosí di mattino presto e mettendosi a pregare qualche santo la temperatura si abbassava e le febbri guarivano.

Sbarrai gli occhi: – E quel bambino?

– E quel bambino è morto, Nicò!

Mio padre non rideva piú, si guardava attorno come uno che non sa dove è capitato.

– Comunque, a parte la vicina fattucchiera, se la vogliono i *marnaríd* per noi non è un problema, – disse mio padre. – Basta che pagano.

Il cameriere ci serví gli spaghetti con i frutti di mare. Un'altra cannonata secondo nonno Leonardo.

– Guarda che se gliela diamo ai *marnaríd* i soldi li vediamo metà adesso e metà a goccia a goccia.

– Pensi che siano tanti quelli che ti pagano tutto sull'un-
ghia? – rispose papà a babbo.

La gente iniziava a diradarsi. I camerieri quasi non guardavano piú prima di attraversare, fidandosi del silenzio in-
torno. Di colpo sentii caldo alla faccia e pesantezza sugli
occhi annacquati dagli sbadigli.

Anch'io stavo perdendo qualcosa. Diventava di colpo
chiaro man mano che quei due litigavano, man mano che
cresceva il silenzio e tutto si ritirava nell'ombra. Anch'io
stavo perdendo qualcosa. Anch'io in fondo avevo ricordi
di cuginetti, di bambine, di nonni, di mare tiepido che va-
pora il suo odore fin dentro le stanze solo perché sapevo
quella casa lí. Lí quel teatro d'infanzia. E il fatto che fosse
lí, lontana, che se ne parlasse, seppure sempre in termini
disgraziati, non solo era la ragione di risvegliare ricordi,
ma era l'unico modo per tenerli in vita. Non sapendola piú
lí, dovendola trasferire nel novero infinito delle cose non
piú mie, l'avrei presto dimenticata e con lei si sarebbero
sbiaditi quei giorni di giochi e camminate verso il mare e
la campagna. Nonna Anna voleva dire questo strillando.
Voleva dire di non ucciderle le immagini del tempo che
appartiene alla sua vita di donna e di madre, e piú indietro ancora di ragazza. E voleva dire che dopo quegli anni

e dopo l'emigrazione non si era aperto piú un altro tempo
in cui si forgiano ricordi buoni da sfogliare nella vecchiaia incartapecorita. Insomma, lei si batteva per conservare un rapporto con lo spazio, visto che col tempo proprio
non si può.

– E diamogliela allora! – sbottò il nonno. – Domani quella verrà a chiamarci un'altra volta. Ha già detto che conosce il notaio, che pure io ho capito di chi è figlio, e che ci
possiamo andare anche lunedí. Firmiamo le prime carte e
poi qualcun altro tornerà per sistemare il resto.

– Domani, babbo, ci andiamo a parlare insieme.

– Basta che poi non escono casini, Riccà! Che questi
soldi già li sento maledetti.

Papà lo scrutò perplesso. Babbo bevve acqua minerale
e strinse forte la mano striata di vene violacee.

– Dico che i primi soldi non si potranno dividere in parti uguali, e tu lo sai che c'è la trattoria di tuo fratello che
va malissimo –. Papà scosse la testa. – Ecco, lo vedi tu?
Lo vedi? – gridò il nonno guardandomi.

– No, no, babbo, per carità, – lo interruppe mio padre
tendendo la mano in avanti. – Non credere che faccio cosí
per i soldi. Non me ne frega niente dei soldi. Mi dà solo
fastidio che gli aiuti in casa Russo li riceve sempre chi fa
piú scenate, non chi ha piú bisogno, – gli disse serio, am-
mucchiando gli ultimi spaghetti al bordo del piatto.

Il nonno respirò allargando il petto. – Ma lo capisci che
io tra poco devo crepare e ancora non mi posso fidare di
quello che dite? – e il pugno finalmente crollò, accompa-
gnato da una raffica di male parole.

Papà si girò a guardare lontano, quasi ci dava le spalle.
Lo spiazzo del ristorante si era svuotato, era rimasta solo
una coppia di innamorati, in fondo, dall'altra parte.

Non era stata solo l'indifferenza, la trascuratezza, la scorza dei propri egoismi ad allentare il bene. Tutti e quattro i fratelli pensavano che la parola dell'altro fosse menzogna, opportunismo. Era questo che si era depositato e dopo fermentato fino a inacetirsi. E poi le mogli, i mariti, i figli, tutti pronti a sostenere le ragioni piú vicine cosí, alla cieca, a schierarsi come soldati dietro il proprio generale.

Quanto a me, ero sempre piú allibito dal fatto che mio padre parlasse di queste cose in mia presenza. Che per la prima volta non mi scacciasse coi suoi sguardi spigolosi o con quegli altri odiosi, secchi, ma che sputasse rabbie e delusioni proprio davanti a me che pure per rispetto tenevo la testa china nel piatto appallottolando la mollica sulla tovaglia. Il nostro rapporto è sempre stato cosí chiaro e definitivo nei ruoli, lui padre e io figlio-ragazzo-non uomo, che di fronte a quelle confessioni non mi illusi un solo momento che qualcosa fosse cambiato tra noi. Mio padre è di una coerenza spontanea. Quindi infallibile. Certi suoi segreti forse me li dirà quando la mia vita sarà cambiata. Quando i miei giorni saranno da un'altra parte che non sia la casa dove abbiamo vissuto insieme, che è la sua. Quando biblioteca, amici, fogli scarabocchiati sparsi per la stanza non gli finiranno piú davanti agli occhi. Quando mi vedrà sulla faccia la stanchezza dell'andirivieni da casa al lavoro e vicino alle labbra una ruga, leggera, in cui solo lui saprà leggere il disegno di un sorriso che riavvicina.

Arrivarono il caffè e il limoncello.

– Questi da parte di Ninetto che vi ha visto e vi aspetta dentro «per fare i conti», – disse sorridendo il cameriere.

– Grazie assai, – rispose nonno Leonardo, – ditegli che tra poco veniamo.

Guardò il liquido giallo, denso, che stagnava nel bicchierino. Ne annusò il profumo. – Nicò, bevilo tu, io questi liquori non li posso piú toccare.

Mi avvicinai il suo bicchiere alle labbra. Papà mi guardava con occhi che mettevano soggezione. – Lo schifo è che di tutta questa strafottenza non si trovano piú le ragioni, – disse.

– Mi fate pena, perché non avete rispetto nemmeno di vostra madre che fino a ieri ha cresciuto voi e i vostri figli. Fate proprio pena... e anche tu Riccà che sei intelligente, pure tu mi fai pena, – e tirò alla goccia il caffè.

Papà copiò quel gesto e poi ancora parlò, sempre guardando suo padre negli occhi, sempre girato dalla sua parte per oscurare la mia sagoma immobile.

– Nelle mie colpe, che pure ci sono e saranno quante vuoi tu, non ci voglio aggiungere i soldi della casa. Questo ti deve essere chiaro. Chiarissimo, babbo, – scandí. – Io sono qui solo perché ero di strada per andare al lavoro –. Bevve dal bicchierino schioccando la lingua. – E voglio che su un'altra cosa tu mi creda, babbo, e mi devi credere, hai capito? – gli disse piú minaccioso. – Quando la domenica mi sono presentato per sapere come stavano i miei fratelli e per far finta di niente, ho trovato solo strafottenza, – si accese una Muratti, – e poi cosa credi che solo tu ci soffri? Io da figlio che ne sai cosa provo, eh? – e appoggiò la mano su una tempia per non incrociarmi.

Nonno Leonardo sospirava rumorosamente, senza piú rispondere. Vidi in lui un'espressione depressa che non pensavo potesse disegnarsi sulla sua figura di guerriero. E invece era la prima di tante che gli si attaccarono in faccia in quegl'ultimi giorni di casa al mare.

Papà se ne stava con la testa appoggiata sulla mano, tutto sciancato come certe figure di Picasso. Quanta vita di lui ancora non conosco? Dove arriva la mia incapacità di capirlo? E dove la sua ostinazione a non volermi dire mai niente e a voler sapere tutto di me? E nel tempo il rapporto tra queste due colpe, la mia e la sua, come cambierà? Scavando quali solchi e distanze? Cosí mi chiedevo dondolandomi sulla sedia mentre fissavo la sera.

Appena il nonno si alzò per andare da Ninetto papà lo seguí proprio come un figlio. Un figlio piccolo.

– Statti qui, – gli disse serio. Mio padre se ne andò verso la fine del marciapiede lasciandomi solo. Ora poteva guardare lontano, ma adesso anche a lui il buio e l'occhio che volteggia tutto in giro dovevano offrire solo un'esile consolazione.

Nonno Leonardo uscí dopo dieci minuti a braccetto di un signore basso e tarchiato, con due baffoni neri che continuavano ad agitarsi sopra le labbra. Mi fece segno di avvicinarmi e mi presentò a Ninetto. Nonno gli disse che ero professore di scuola superiore e quello rispose esclamando «*ala facc!*»

– E papà? – mi chiese.

– Passeggia per digerire.

– E allora andiamo anche noi. Abbiamo tante di quelle cose da digerire…

Si abbracciarono e baciarono. E Ninetto baciò anche me, strisciandomi i suoi baffoni sulle guance.

Barletta vecchia era vuota, per le vie non c'erano piú tavoli. Agli angoli erano spuntati piccoli mucchi di immondizia su cui si avventurava qualche gatto. Rimaneva invece quella luce gialla, piú riposante del buio.

Per tutto il viale nonno e papà continuarono a indicare con le mani casa di questo o di quello, a cercare di ricordare di chi fosse questo e quel negozio e che faccia aveva il proprietario, sforzandosi di scordare casa e famiglia adesso che era arrivata la notte.

Dietro una via indicarono anche uno dei vecchi bordelli di Barletta, «la batteria» si chiamava in dialetto. Babbo raccontò che un giorno un compare gli aveva giurato di aver visto uscire da lí zio Mimmo.

– Gli ho detto che se lui ha visto mio figlio lí dentro c'era un motivo solo e quello non ha piú risposto. E vabbè, pure che Mimmo l'ha fatta una volta quella fesseria… Siamo uomini! – disse ridendo.

Per parlare di Barletta usavano il dialetto, tornando all'italiano solo per rivolgersi a me che pure lo capivo benissimo. Io non richiamavo quella città né al nonno né a mio padre, che invece se la evocavano a vicenda con nomi di compari, di vie, di chiese, di bordelli. Io sono l'ultimo testimone di questo bilinguismo. Mio figlio avrà un nonno che parlerà un discreto italiano e che non gli proporrà mai niente nella sua lingua primordiale. Quando nonno Leonardo non ci sarà piú e non ci sarà piú la casa al mare, diventeremo tutti milanesi davvero, senza piú dialetto, e non potremo conservare il ricordo delle origini della famiglia, con cui io stesso ancora ho convissuto, conoscendo gli ultimi protagonisti di quella vita dietro l'angolo eppure tanto diversa, fatta di secchi d'acqua lercia svuotati per strada, analfabeti, case con la cisterna che gocciola nella notte. Con la mia nascita e con la morte dei nonni inizia una nuova storia, e della prima si perderanno in fretta le tracce perché saremo lontani da quei luoghi e da quella lingua, e ne potremo intendere ben poca cosa. Sarà una storia nuova, scollata da quell'altra, legata da principio al dialetto, alla Puglia, alla guerra e ai contadini, arrivati nel duemila con le ossa fracassate dai cambiamenti degli ultimi anni e indenni sotto il peso dei secoli uguali.

Dopo l'edicola *du Russ* svoltammo in via Mazzini e poi entrammo in via Garibaldi. Casa era lí, al terzo piano, ancora con le persiane chiuse che guardavano quelle del bambino coi ricci castani. Le crepe, specialmente sotto il balcone della cucina, si vedevano bene anche adesso che era buio.

Andai ad aprire da solo. Papà aspettò il nonno salendo al suo passo. Davanti alla porta, affiancate ordinatamente, trovai quattro bottiglie di plastica riempite di vino e di olio e nell'angolo una cassa d'acqua minerale. Era stata la figlia di 'mbà Vcínz. Bella e buona, pensai.

La cisterna sgocciolava cadenzata come la lancetta dei secondi. Preparai il letto sotto le vetrinette, rivestendo con un lenzuolo bianco il materasso srotolato. Il profumo del lenzuolo piegato in fondo alla valigia mi portò a mia madre e lentamente, dopo altri passaggi che non ricordo, arrivai a pensare a sua madre, nonna Caterina, che era qui vicino, a San Ferdinando. Venti chilometri dalla casa al mare.

Da quando era morto nonno Giacinto, nonna Caterina passava la vita segregata in casa, ciondolando tra le mattonelle della cucina e della sala. Accucciata sulla sedia per ore, ferri tra le mani e gomitolo nella borsa, a lavorare centri da tavola. Ne aveva gli armadi pieni. Prima, finché era vivo il nonno, faceva a maglia per i nipoti maglioni di lana, con delle fantasie tutte sue e molto alla moda. Poi ba-

sta. Quella morte le ha tolto il desiderio di vivere per gli
altri, lasciandole un'inerzia appena sufficiente per badare
a se stessa, come un ultimo obbligo che non si fa nemmeno con convinzione ma per una forma inconscia di rispetto, biologico forse, che portiamo alla vita anche quando
è disastrata.

Nonna Caterina dorme pochissime ore a notte, massimo quattro. Forse anche adesso era lí, a sferruzzare centri da tavola, con gli uncini stretti tra le dita anchilosate
che giravano veloci sopra il grembiule nero. Nonna Caterina! Lei non mi strapazzava di baci come nonna Anna,
ma nei pochi giorni d'estate che passavo a San Ferdinando
mi prendeva a braccetto per passeggiare lungo il marciapiede, fino all'angolo della strada, dove giravamo attorno
al lampione per tornare indietro. Si toglieva il grembiule,
riassettava l'abito e aggiustava i fermagli nei capelli solo
per quell'uscita, dandole cosí un'importanza da appuntamento galante che mi faceva sentire grande. In tutti questi
anni non ci ha mai rinfacciato niente, nemmeno di starle
troppo lontani o di fregarcene della sua solitudine. Nonna
Caterina è uno spirito libero.

La sveglia che suonò quel mattino, non piú tardi delle
sette, diceva con voce rauca e sgolata: *Vulít i canulícch!*
Canulícch e cozz! Canulícch e cozz alla prova!

Papà era di fianco a me, raggomitolato nel lenzuolo.
A casa avevamo dormito nello stesso letto una volta so-
la, quando la mamma era scesa giú a San Ferdinando con
Laura. Aprí gli occhi mentre mi infilavo i calzoni corti.

– Non sarà piú la stessa città di quando eri ragazzo ma
gente che schiamazza per le strade ne è rimasta, – gli dissi.

– Muoviti, vai a vedere se quello che grida è un vecchio
in canottiera con un cappello in testa.

– Sí, ha anche una bacinella legata sul portapacchi, – gli dissi dal balcone mentre quello pedalava in fondo alla via continuando a gridare.

– È sempre il solito anche lui.

– Io non sono mai riuscito a mangiare quei cosi, – dissi riferendomi ai *canulicch*, dei molluschi gialli e lunghi che si agitano dentro un guscio rigido e che vanno mangiati cosí, vivi, con una spruzzata di limone che li fa dimenare come bisce.

– Ti ricordi il nonno quanti ne portava? Vedrai oggi... È già uscito a raccogliere canolicchi e cozze, come quello che grida.

In cucina c'era sul fornello la caffettiera col coperchio alzato. Buttai il caffè freddo nel lavandino e ne preparai dell'altro. Cercando nella madia trovai pacchi di pasta sbiancati dalla muffa, scatole di fette biscottate che non ebbi il coraggio di aprire e barattoli di sale e zucchero raggrumati in sassi. Gettai tutto con la stessa scioltezza con cui papà aveva buttato coperte e copriletto. In fondo, una sull'altra, c'erano le scatole dei fiammiferi che compravo col nonno da *u' Russ* al ritorno dalla sezione.

La caffettiera iniziò a gorgogliare e a profumare la cucina. Le tazzine nelle vetrinette erano certamente da disinfettare, presi allora dallo scolapiatti due tazze da latte che il nonno aveva già lavato.

Papà era seduto al tavolo con la faccia annoiata. Entravano ancora sole e aria salata.

– Sei pronto per il terrazzo? – mi chiese.

– Sarà cosí difficile?

– Tu quando sei venuto non l'hai aperto, vero?

– No, mi è bastato il resto. E poi eri stato tu a ordinarmi di non farlo.

– Se i piccioni hanno rifatto i nidi ci sarà da impazzire.

Bisognerà armarsi coi bastoni perché quelli che covano non si spostano. Devi stecchirli con una mazzata in testa, – disse nauseato. – Non immagini...

Nonno Leonardo rientrò in casa con un sacchetto pieno d'acqua, i pantaloni schizzati e il respiro grosso. In un altro sacco che stringeva in mano disse di avere una rete da pesca.

– Prima li ammazziamo e poi mettiamo questa rete a mezz'aria per tutta la terrazza –. Sentí l'odore del caffè e andò a versarsene nella mia tazza, senza sciacquarla. – Questi vanno fatti spurgare in una bagnarola d'acqua e sale, – disse il nonno indicando i *canulícch*.

– Nonò, guarda che io quei cosi non li mangio.

– E si sa che tu non capisci niente, sei fatto di polenta! – e riempí una bacinella presa sotto il lavandino. Quando nella madia non vide piú il sale mi guardò disapprovando e mi comandò di andarlo a prendere dalla vicina. – Digli che dopo passiamo per parlare della casa.

Nel minuto di dialogo la signora riuscí a riempirmi le mani di cesti di altre pesche, perini e non so che altro. Era impossibile rifiutare perché lei chiedeva il permesso di offrire mentre mi scaricava sulle braccia quei cesti già preparati dietro la porta. Papà mi riguardò con la solita espressione machiavelliana.

– Se non ci muoviamo arriva il caldo forte.

– Ma ci sono i piccioni? – chiese papà.

– E come se ci sono, Riccà. C'è da fare la guerra.

La guerra, ancora una volta, la fece solo il nonno. Noi ne sentimmo parlare in qualche modo. Aperta la porta del terrazzo vidi un'enorme quantità di quelle bestiole, un infinito numero di piccoli occhi che ci guardavano indifferenti e spauriti. Appena la porta iniziò a cigolare si sentí un tanfo terribile di escrementi di cui era pieno tutto il pavimento. Mi assalí un conato di vomito e scappai dentro. Nonno Leonardo capí di avermi perso e se ne andò scuotendo la testa.

Mio padre mi raggiunse appena qualche minuto piú tardi. Rientrò tutto pallido tamponandosi le labbra, appoggiandosi a peso morto sulla cisterna che scrosciava.

Il caldo nel solaio era soffocante. Ma aprire anche di poco la finestrella voleva dire essere travolti ancora da quell'odore terribile. Né avevamo il coraggio di scendere giú e abbandonare del tutto il nonno. Rimanevamo cosí, incapaci di agire e di ritirarci. Immobili nel solaio a grondare di sudore sulle magliette.

Papà chiamò il nonno e lo obbligò a mettersi una mascherina che si era portato da casa e lui alla fine bestemmiando gliela strappò di mano e se la infilò sotto un sacco di plastica con cui si era coperto il volto per non farsi colpire. Rientrava per brevi soste, beveva acqua, la teneva in bocca gorgheggiando e la risputava. Il respiro era impazzito subito, palpitava prendendogli a pugni il petto. Ma non c'era modo di dirgli nulla ora che l'avevamo lasciato solo.

Papà si sciacquò la faccia e il collo nel lavandino del solaio. Tirò un respiro di rabbia e spalancò la porta senza piú pensare.

– Nonno calcia quelli morti qui, – disse irrigidito indicando la porta, – io li raccolgo con la pala e tu tieni aperto il sacco. Avvicinati, forza.

Obbedii.

Si consumava fuori uno spettacolo atroce. Una mattanza che durò quasi un'ora. Babbo emetteva un verso di sforzo per ogni botta che sferrava, gridando «mannaggia alla casa puttana», «mannaggia alla miseria puttana». Riempimmo un sacco intero di quelle carogne e un altro di escrementi e di penne sparsi sul terrazzo.

Ammazzato l'ultimo piccione, bestemmiata l'ultima volta la casa, Nonò rientrò nel solaio togliendosi con rabbia la mascherina dalla bocca e buttando per terra quella plastica che gli si era appiccicata sulla faccia paonazza. Iniziò a sputare nel lavello, a buttarsi manate d'acqua in faccia per calmare il bollore.

– Fammi una caraffa d'acqua limone e zucchero, – disse senza togliere la testa da sotto il getto.

Corsi giú dalla figlia del vinaio a prendere un pacco di zucchero e a farmi prestare dei limoni.

Sulle scale incrociai papà che andava a buttare il sacco nero. Tutto smorto e depresso.

Nonno Leonardo bevve due boccali di limonata. Lo abbracciai mettendogli la mia testa sulla nuca e lui disse: – Allora aveva ragione tuo padre a dire che qui non eri d'aiuto –. Mi allontanai e lui si versò ancora da bere.

– Fate uno piú schifo dell'altro, padre e figlio, – disse guardando fuori dalla finestra.

Salii le scale traballanti, attaccai la canna dell'acqua, misi mascherina e sacchetto e iniziai a bagnare il pavimento. Il getto accumulava quello schifo negli angoli. Trovai anche il coraggio di raccoglierlo con la pala e di infilare tutto in un altro sacco. Andai avanti per indefinibile tempo, sotto quel sole sempre piú feroce. Vidi ancora un piccione disperso in mezzo al disastro; si sentí di colpo l'acqua addosso e volò via senza slancio.

Mi raggiunse papà che iniziò a versare candeggina profumata sul pavimento. Strofinammo alla meglio con gli spazzoloni e lo sporco continuava a sgorgare come da una fonte sotterranea. Ripassammo l'acqua. Ributtammo altra candeggina. Fino all'esaurimento per quegli odori e per il caldo.

Non dovemmo aspettare nemmeno che il pavimento si

asciugasse, tanto il sole batteva alto. Babbo risalí le scale attaccato alla ringhiera barcollante e diede un calcio alla porta. Aprimmo quella rete da pesca a maglie strette e sotto gli ordini del nonno, che di nuovo ansimava come un rospo, la stendemmo per terra, annodandola forte a degli spuntoni di ferro che conficcammo all'altezza del davanzale.

– Questa rete è tosta. Non la sfondano nemmeno le aquile, – disse convinto con un filo di voce. – E poi è ballerina, cosí i colombi non riescono a stare fermi.

– Se lo dici tu, – disse mio padre abbassando le labbra.

– È sicurissimo che è cosí. Tu controlla i chiodi.

Si formò in poco tempo questo nuovo pavimento di rete che impediva di camminare sul terrazzo. Non l'avevano piú i piccioni, ma l'avevamo perduto anche noi.

– E con il terrazzo abbiamo chiuso, – disse papà.

– Poco a poco chiudiamo con tutto. Quant'è vera la madonna, – gli rispose il padre tirandosi dietro la porta a cui diede due giri di chiave.

In cucina nonno Leonardo ci obbligò a bere due bicchieri della sua limonata dolce. Nessuno guardava l'altro.

– In casa non c'è niente da mangiare, – disse papà sbuffando.

– Adesso ci stendiamo un poco e poi tu, Nicò, vai a prendere la focaccia alla rosticceria sul viale. Quella sta aperta anche di domenica.

– Sei sicuro che ci sia ancora? – gli chiesi.

– Sicuro, l'ho vista tornando dal mare.

Per non tirare ancora fuori il letto sotto le vetrine, operazione che richiedeva di spostare il tavolo in fondo alla sala e accatastare le sedie vicino alle finestre del balcone, convinsi papà ad andare a stendersi in camera insieme al nonno. Lui mi guardò con gli occhi spenti, con l'aria di chi ha deciso di lasciare andare tutto a rotoli.

Rimasi nella sala dove adesso entrava un vento caldo che accresceva il senso di nausea. Provai a scacciare il pensiero di quelle bestie stecchite facendo castelli con le carte napoletane sparpagliate nel portafrutta.

Da fuori veniva rumore di tavole che si apparecchiavano per il pranzo della domenica. Nemmeno avevo mangiato e già la noia del pomeriggio mi faceva la testa pesante. Da piccolo l'immagine piú spaventosa era quella. La felicità di partire coi nonni e il cuginetto si sgretolava davanti all'altra di dover affrontare i pomeriggi della controra, e piú di tutto quello della domenica. Se Giovanni si fosse addormentato sarei rimasto solo in quella semioscurità, col caldo che si appiccicava alla pelle, costretto senza nessuna stanchezza a restare immobile fissando l'orologio. Mi spaventava piú della notte quel silenzio in cui ogni spostamento di oggetti, ogni passo rimbombava nella casa e rischiava di svegliare i nonni che mi avrebbero gridato dietro. Il buio della notte lo preferivo, almeno paralizzava per la paura, faceva raggomitolare e tendere l'orecchio per captare il respiro del nonno, che col suo grugnito fragoroso mi rassicurava della sua protezione e di non essermi dissolto nell'ombra. Ma quel caldo di pietra, quella luce che si infiltrava tra gli scuri e che non si poteva ricevere in faccia mi sembravano una tortura. Spesso dicevo al nonno: – Ma perché non dormi un po' di piú al mattino, cosí il pomeriggio al posto del pennico facciamo una cosa alternativa? – Ma lui mi rispondeva che per andare in campagna o per raccogliere i frutti di mare alternative a quegli orari non ce n'erano.

Fu per paura di rimanere stecchito dalla noia che iniziai a leggere. Se quel somaro di Giovanni si addormentava veramente o non aveva voglia di guerreggiare a suon di pupazzi col nonno, cosa che del resto non si poteva fare tutti i giorni, avvicinavo la sedia alle persiane, nelle fessure ci infilavo le dita dei piedi scalzi, e leggevo. Non potendo vivere immaginavo vivere gli altri.

Quando ero stufo infilavo gli occhi tra gli scuri spiando la strada assolata e ancora quand'ero piccolo io si intravedevano il mare e le antenne sui tetti delle case. – Voglio tornare a Milano dove la controra non esiste! – frignavo quando la nonna finalmente si alzava.

Salii le scale del terrazzo in punta di piedi. Mentre il nonno stecchiva i piccioni da un sacco ruvido dietro la cisterna avevo visto spuntare palette e secchielli. Ma lí dentro avrei trovato certamente dell'altro. Nonna Anna prima di partire mi aveva detto che sempre vicino alla cisterna c'era una borsa piena di fotografie e cianfrusaglie che avrebbe tanto voluto avere con sé nei giorni di solitudine, che per lei sono tutti quelli in cui passano a trovarla soltanto pochi nipoti.

– Al ritorno te la porto, – le promisi.

Mi inginocchiai a rovistare nel sacco. Appena ritrovai

i primi giochi del mare mi lasciai cadere all'indietro, fregandomene dei pantaloni puliti. Sui secchielli e le palette che spuntavano si sentivano ancora i granuli di sabbia e si sentivano anche palleggiando nella mano le bocce colorate. Era sabbia di vent'anni prima e ancora non si era corrosa fino a scomparire. Sarebbero stati quelli i granelli giusti, gli atomi con cui riempire la clessidra del mio tempo. Con la terra raggrumata dell'infanzia.

Mi accesi una sigaretta, buttato cosí, contro la parete d'acciaio della cisterna. Faceva caldo. Guardai un treno di formiche uscire da un buco nel muro. Dalla finestrella spalancata entrava un odore di merda e candeggina che non mi faceva piú nausea. Mi alzai e calai le braccia in quella vasca di ferro, bagnandomi la faccia.

Cenere di sigaretta cadde nel sacco mischiandosi alla sabbia finita sul fondo. Trovai anche le biglie colorate che si facevano correre sulle piste disegnate in spiaggia. Giovanni e gli amichetti del mare per disegnarle mi sollevavano dalle braccia e dalle gambe e mi trascinavano col culo sulla sabbia. – Prendiamo te perché sei il piú smingherlo, – mi dicevano. La nonna mi consolava raccontandomi che anche a mio padre dicevano cosí, «carestia» lo chiamavano.

Nella borsa chiusa con la fibbia trovai dei vecchi quaderni. Quaderni della scuola elementare dei quattro fratelli, con su scritto «mia madre si chiama Anna», «mio padre si chiama Leonardo», frasi cosí. Il quaderno di papà era il piú disordinato di tutti, incapace di andare dritto anche con le righe prestampate.

Afferrai un libro tutto scompaginato. Sul frontespizio era riportato in bella grafia, a lettere grandi, il nome della nonna: «Anna Lofrate. 1ª classe femminile». Era l'abbecedario: una lettera, un disegno al centro della pagina.

Sotto, in piccolo, altre parole con la stessa iniziale: ape albero amaca avvocato azzurro.

Da una tasca spuntò una pila di foto allacciata con un nastro. Poche in verità. Tutte degli zii e del nonno militari. Ordinati nelle divise con la testa rasata e il cappello di traverso. Primi piani con le forme del naso, i tagli degli occhi, gli accenni di sorriso che richiamavano il padre e la madre e i figli avuti. Tutto che nello stesso istante accordava e discordava.

Ma solo all'ultimo trovai la fotografia piú bella. Quando ormai il caldo mi aveva spazientito. E scoppiai a ridere da solo, facendo rimbombare la voce nel solaio. Nonno Leonardo col colbacco, fra quattro amici incolbaccati, e dietro, alle loro spalle, la piazza Rossa e il Cremlino. Nonno era il secondo da sinistra. Quelli insieme a lui erano i compagni piú cari della sezione. 'Mbà Pasquà, 'mbà Nandín, 'mbà Vcínz e l'amico Ciccillo, con gli occhi celesti che spuntavano dalla sciarpa color zafferano.

Avevo saputo anch'io di quel pellegrinaggio. Un evento eccezionale perché nonno Leonardo non aveva mai viaggiato se non in guerra. Mai era stato nelle città piú importanti d'Italia, se non in qualcuna a tarda età scarrozzato dai figli. A Roma, ad esempio, era passato solo per i funerali di Togliatti nel '64, con un pullman della sezione partito da Barletta il mattino e rientrato in nottata.

La volta che mi accennò di quel viaggio, bene non saprei dire quando, ricordo che raccontava orgogliosamente in italiano, la lingua dell'aulicità, di aver attraversato in treno l'Europa e di essere arrivato, dopo quasi due giorni, in una Mosca tutta coperta di neve. Lí aveva capito tante cose, diceva. Cose che è inutile stare a spiegare a chi non c'è stato.

Erano bellissimi, con quegli occhi accesi di mezza età.

Ricordavano la locandina di *Amici miei*. Che peccato che adesso non era nemmeno voluto passare dalla sezione, certo di trovarla gremita di altra gente, di altri vecchi piú giovani di lui, e comunque vuota dei suoi amici con cui si era perduto per sempre nonostante le idee, le foto, i colbacchi.

Ero tutto sudato, con la schiena gelata dall'acciaio della cisterna. Misi la foto sotto la maglietta e quella si appiccicò come una ventosa alla pancia. Quando la infilai nel libro di Proust vidi scritto sul retro «1966». Ripassai la data con una penna nera. Di là si stavano alzando.

Mio padre si alzò come sempre facendo versi da scimmione. Babbo rideva e gli continuava a ripetere «*Sí for d' cap?*» Forse il pomeriggio sarebbe stato piú facile.

Mangiammo verso le due e mezza tranci di focaccia. La vicina ci portò un piatto di mozzarelle aggiungendo il «permesso di invitarci a cena». Toccò a papà andare ad accettare. Tornò in sala sbuffando, lagnandosi dei *marnaríd* che erano asfissianti. Babbo gli rispose che invece facevano bene a fare cosí, e che quella era una famiglia che sapeva il fatto suo.

– Non siamo ancora andati al mare, – dissi versandomi un dito di vino bianco.

– Tu non ci sei andato, io ho fatto i *canulícch*.

– Perché non andiamo a bere il caffè al bar sulla spiaggia?

Riuscii a convincerli. La vicina ci vide sparire giú per le scale dal suo pertugio da cui usciva puzza di fritto. Attraversammo la strada assolata e deserta della controra. Tirava un vento caldo che toglieva il respiro e in giro non si vedevano né persone né ombre. Il nonno iniziò a tamponarsi col fazzoletto la fronte e papà a guardare le nuvole ricciute.

– Questo caldo è quello che fa stramazzare le bestie, – disse babbo guardando nel fazzoletto. Poi ci fece tagliare per alcune stradette sperando inutilmente di trovare piú fresco. Sul marciapiede che portava alla spiaggia c'era uno spettacolo completamente diverso. Baracchini e motocarri pieni di secchi di bibite, tavoli da picnic con le famiglie che mangiavano... C'era chi addentava pezzi di agnello, chi mangiava pasta al forno, chi tagliava cocomeri enormi. Papà mi guardò sconsolato. Nonò abbassò le labbra. Ne nacque una discussione tra papà che considerava spropositato, da cafone, portarsi in spiaggia teglie e tegami, e babbo che diceva che la cosa bella era proprio quella, non rinunciare al pranzo della domenica ma aggiungerci lo spettacolo del mare.

Papà mi indicò col braccio le teleferiche, che a distanza cadenzata partivano dal porto e si distendevano in diagonale fin sulla spiaggia oltre la città, verso Margherita di Savoia. Prima, fino alle estati della scuola media, io e Giovanni ci fermavamo col nonno appoggiati alla ringhiera a vedere i carichi di sale scivolare verso il molo.

– Da quel palo facevamo le gare di tuffi, – mi disse, – sulla testa ci passavano tutti gli imballaggi facendo stridere i cavi. Adesso si fa tutto coi camion e le teleferiche sono rimaste cosí, come morti in piedi, – concluse perplesso.

– È sporco. Anzi è una chiavica, – disse il nonno guardando il mare.

– Sei venuto qui stamattina a prendere i *canuḷicch*? – domandai.

– No, a Levante, dall'altra parte. Solo lí ormai si trovano.

Sulla spiaggia ripassò il gelataio ambulante. Era circondato da un grappolo di ragazzini. Il vecchio riempí dei coni, si prese delle monete e ripartí gridando. Chissà da quante estati pedalava su quella bici.

Non ci parlavamo. Nessuno ancora pensava all'altro. E io avrei voluto tuffarmi nel mare dando le spalle al loro silenzio insopportabile.

– Dài, prendiamo questo caffè che poi ce ne andiamo, –

disse papà, che iniziò ad andare avanti e indietro sul marciapiede.

– Sí, veloce, che non tengo nemmeno il cappello –. Erano venuti al mare solo per tenermi contento.

Il caffè lo prendemmo in piedi al Bagno Venezia, un lido con un bar vicino alla ringhiera. Loro lo tirarono giú alla goccia, io continuai a soffiare nella tazza. Quando uscii papà dava le spalle all'entrata con le mani in tasca e nonno Leonardo era tornato alla ringhiera a respirarsi il mare.

Papà durante il tragitto disse solo: – Allora domani dopo che viene il perito capiremo se darla ai *marnaríd* o affidarla all'agenzia.

– Domani mattina si capisce tutto, – gli rispose babbo.

Salimmo le tre stradine che portano in via Garibaldi, ognuno con le mani in tasca. Non girava un'anima, tutto era battuto impietosamente dal sole torrido. Nel portone il nonno guardò la rampa di scale. Mentre stringeva con forza la ringhiera mi disse seccato: – Nicò, solo il diavolo esce a controra.

Appena entrato socchiuse le persiane. Io e lui giocammo a dama su una scacchiera a calamita saltata fuori dal sacco. Papà stese il giornale sul tavolo e non alzò piú la testa.

– Riccà, accompagnami a trovare tuo zio.

Lui lo guardò indeciso, cercando di mascherare la pigrizia. Lasciammo le pedine com'erano.

Si lavarono i denti uno nel bagnetto e uno nel lavandino della cucina e se ne andarono. Nonno Leonardo era già uscito due volte in controra.

Dal balcone li vidi allontanarsi nella via vuota senza rivolgersi parola. Sulle porte delle case le tende si gonfiavano e sgonfiavano per i buffi di vento caldo.

Provai a leggere Proust. Quel libro mi piaceva. Forse

non avevo letto mai niente di piú bello, ma tutti quei sa-
lotti e quelle cocotte non c'entravano niente col mare, gli
olivi, i muri sgretolati della Puglia.

Al centro del tavolo c'era il portafrutta con le pesche, i
grappoli d'uva nera, la penna, le carte sparpagliate. Avrei
voluto saper scrivere una poesia su quel vaso, una natura
morta in versi che conservasse la musicalità cantilenante
del dialetto e il profumo di quel vento salato che entrava
a singhiozzi. Ma poeta non ero mai stato, se non per sfogo
personale o dopo aver letto i grandi scrittori. Mi ero sempre vergognato a sperare di diventare poeta. Anche solo
a sperare. Certi giorni mi rimaneva il desiderio di voler
scrivere storie, ma mai avevo provato a farlo seriamente,
forse per indolenza paterna. O piú sinceramente per indolenza mia. Mia e solo mia. È già un traguardo diventare
un buon insegnante, mi dico ancora oggi per giustificarmi.
Un insegnante amato.

Passai quelle ore sdraiato sul letto in camera dei nonni.
Luce arrivava appena dal buco nel muro. Lembi di chiaro
scoprivano veli di ragnatele e muffe negli angoli sul sof-
fitto, nelle sbucciature di legno dell'armadio. A malapena
riuscivo a guardare la polaroid del Cremlino appiccicata
tra le pagine del libro. Mi sentivo proprio un disoccupato
ingiustamente in vacanza.

Mio padre forse aveva ragione a dirmene tante. Potevo in effetti insistere con le scuole dei preti o chiedere a
un editore di darmi delle bozze da correggere. O potevo
distribuire dei volantini nelle buche della posta, «giovane
laureato offre ripetizioni di italiano e latino a prezzi bassi»,
e cercare di raggruppare i rimandati a settembre di tutto
il quartiere per tirare su qualche soldo e farmi vedere al
lavoro proprio sotto i suoi occhi. E invece non lo facevo
perché non era colpa mia se ogni anno a giugno mi licen-

ziavano e se io non potevo fare piú niente – un altro con-
corso, un altro esame, un'altra scuola – per evitare che le
cose andassero cosí. E, in fondo, non era nemmeno colpa
mia se mi piaceva passare il tempo tra gli scaffali della biblioteca e nei bar a bere l'aperitivo.

Rientrando spalancarono le persiane e la luce mi svegliò. Papà era piú contento. Parlava col nonno di come il
dialetto cambia da quartiere a quartiere, cosa che il mio
orecchio non distingueva benissimo.

– Zio Ciccillo dice *mr*, non *mar*.

– Perché abita vicino al porto, lí dicono tutto stretto.
Ma è quello loro l'originale, perché la prima parlata è sempre di chi vive sul mare, – argomentò babbo.

Appresi che questo zio Ciccillo, che io avevo visto forse
un paio di volte, stava bene per la sua età, che si guardò
col nonno negli occhi ma senza lasciarsi andare a nessun
contatto fisico, prendendogli solo alla fine le guance tra le
mani. La moglie di zio Ciccillo era la sorella di nonna Anna.
I nonni nel 1947 avevano fatto accoppiare cosí i loro ultimi due fratelli rimasti single.

Mi raccontarono altro di zio Ciccillo tornando dietro la
dama e il giornale. Papà sbocconcellava uva nera. Nonno
Leonardo parlava fissando la scacchiera, dicendo sconsolato che tra lui e suo fratello si era perduta la confidenza
e che per tutto il tempo si erano guardati in faccia come
due ebeti senza raccontarsi niente.

– Non abbiamo parlato nemmeno della vendita della
casa. Se non ci stavano tuo padre e la moglie passavamo il
tempo a fissare il tavolo.

– Nonò, mi sa che ti sei abbronzato oggi.

Si toccò il viso e guardò le spalle.

– Io dopo due ore in riva al mare divento come il melograno, – rispose mangiandomi una pedina. – Finché stavamo qui avevamo tutti un altro colore sulla faccia e sulle spalle, non è vero Riccà? Poi, a Milano, siamo diventati sacchi di farina.

Di suo fratello mi disse anche che aveva ancora lo zigomo sfregiato con uno sbrego vistoso. Quella ferita gli si era aperta con un colpo di frustino in piena faccia tiratogli da uno squadrista. Barletta era piena di fascisti in quegli anni e zio Ciccillo fu arrestato come comunista sovversivo, facendosi due anni di prigione a Bari, pestato e ingozzato piú volte di olio di ricino. Nonno Leonardo lo raccontò disgustato. Senza il minimo orgoglio.

– Ci ha regalato un sacchetto di *scaldatíd* e una bottiglia di vino nero come l'inchiostro, – disse papà alzando gli occhi. Gli *scaldatíd* sono taralli coi semi di finocchio. Secondo babbo, un'altra cannonata.

– Guarda che adesso che finiamo la partita tocca a te, – mi disse il nonno. – Andiamo da Ciccillo numero due.

Si lasciò mangiare in fretta tutte le pedine senza dissimulare neanche un po' la voglia di correre dall'amico.

I motorini cominciavano a spernacchiare per la via, le macchine ad attraversare le strade strette con la musica alta. Chi aveva mangiato la carne o il pesce buttava acqua sui carboni sollevando strisce di fumo denso. Rispuntò anche il nostro amichetto del balcone di fronte, vestito solo con le mutande, gli occhi ancora stropicciati dal sonno. Non avendo tende il bimbo ci guardava in casa. Nonno lo salutò e quello corse via.

– È *ciacék*! – vociò ridendo.

Ciacék non si può assolutamente tradurre, se non con probabili sinonimi come «furbo, vispo, farfarello», di cui nessuno è però soddisfacente. E non si può nemmeno italianizzare. Come tante altre parole che diceva il nonno si può solo interpretare dalla situazione, arrivare a capirne il senso dall'armonia divertita del significante. Queste espressioni intraducibili, come *ciacék*, le ha già perse mio padre, che traducendo in dialetto il pensiero elaborato in italiano, non può piú conservare queste idee primigenie, monolingue.

In casa Russo si parlavano tre lingue. Tre italiani derivanti dalla formulazione di pensieri in codici diversi. Il dialetto puro del nonno, che lui stesso poi, per comunicare con gli altri, traduceva alla lettera nel suo italiano essenziale, calcato integralmente sulle strutture del barlettano; il dialetto piú italianizzato di mio padre, prodotto ormai artificiale del pensiero che non gli sbocciava piú nella lingua del padre. E il mio italiano, italiano a tutti gli effetti, con la deficienza però del loro bilinguismo. Già, perché sono io, il figlio del figlio, l'unico in famiglia che non parla piú due lingue, l'unico che pensa e dice senza tradurre, inchiodato a nient'altro che a questa lingua pubblica, appartenente a me come a nessuno di loro. Sono io che imparando ho perso la loro lingua, quella in cui ognuno prima di me aveva sempre parlato trovandola buona per tutte le stagioni. E in quegl'ultimi giorni di casa al mare sentii tutta la miseria dell'avanzo, di quel rimasuglio che è la «competenza passiva», come la chiamano i linguisti, che poi non è nient'altro che la frustrazione di comprendere senza saper parlare nella lingua intesa.

– Andiamo da quest'altro, su, prima che mi accorgo di quanto sono stanco.

Mi infilai i pantaloni lunghi e cambiai la camicia hawaiana mettendo una maglietta nera col colletto.

– Be'? – disse il nonno guardandomi. – Mica a Ciccillo non piacciono i vestiti colorati.

– Non volevo presentarmi da estranei vestito da ragazzino.

– Tu e quelli come te siete ragazzi quando vi pare e uomini quando vi conviene.

Papà subito sospirò da dietro il giornale, annuendo profondamente. E a me era di nuovo passata la voglia.

Io e nonno ci allontanammo dalla parte opposta, dove la strada non scende al mare ma si inerpica leggermente, vie su vie di asfalto sgretolato, di crepe che fumano terra calda.

– Questo caldo fa ammattire i cristiani, lo sai tu? – Feci di no con la testa, passandomi anch'io una mano sulla fronte.

Camminavamo rasenti al muro su marciapiedi di pietra liscia. Cercai di schiacciare una tarantola che mi era finita tra i piedi. Anche nel ballatoio in terrazza ne avevo viste un paio. Il nonno a certe vecchie rispuntate sulle soglie dopo la controra diceva a mezza voce: – Bonasera commà.

– Nonò, ti stai strapazzando in questi giorni. Prima sulle montagne, ora in giro per la città...

– Sí, ma domani finisce tutto. Questa è l'ultima visita. Poi non ci sta piú nessuno.

– Perché non passiamo dalla sezione?

Abbassò le labbra. – Non ci stanno piú i compagni di prima... Ora veramente non c'è neanche piú il partito, ci sono questi altri che cambiano nome ogni settimana... E poi Ciccillo è l'ultimo che devo andare a trovare. Poi non ci sta piú nessuno, – ripeté.

Nelle strade che portano verso la campagna il nonno si spingeva a salutare molto piú timidamente. Comari e compari lo guardavano corrugando le palpebre o buttando in avanti la testa come colombi. Ma nonno Leonardo non si demoralizzava, quando riconosceva case o persone ripeteva quelle parole continuando a camminare. Del resto è cosí. Chi se ne va ricorda di piú chi resta. La sentinella fuori dalla porta abbandona lo sguardo arcigno solo con chi attraversa la sua strada ogni giorno. Questi sono i suoi familiari, a questi risponde al saluto. Quando uno che se n'è andato, uno come nonno Leonardo, si ripresenta d'improvviso alla loro vita immobile, le sentinelle non trovano nei loro occhi assenti quella sveltezza d'animo che serve per riconoscere strati di tempo consunto. Ciò che abbiamo da offrire a chi se n'è andato è solo diffidenza e palpebre che si corrugano. Ruggine degli ingranaggi addetti alla conservazione della memoria. Ecco, in questo camminare straniero del nonno, in questo sí che mi riconoscevo.

I muri erano sempre piú farinosi e frantumati. Il sole si infilava negli isolati arroventato anche adesso che il pomeriggio iniziava a smorzarsi. Agli angoli c'erano bidoni di immondizia traboccanti, nugoli d'insetti ci planavano sopra. Arrivammo vicino a una costruzione lasciata a metà, senza tetto e finestre, con grandi buchi nel cemento da cui penzolavano cespugli di sterpaglie.

– Qui sono piú poveri, – disse il nonno. – Da qui vengono i *marnaríd*, da via Fieramosca.

– E Ciccillo abita qui?

– Adesso sí perché è andato insieme alla moglie a vivere dal figlio, ma casa sua è sempre stata vicino al porto. Adesso abita lí, dietro la chiesa di San Filippo, la vedi? – e mi indicò una schiena di mattoni rossi che spuntava dietro uno sfasciume di pietre.

Nonno Leonardo si diresse verso una porta di legno su cui sventolava una tenda turchese. Si guardò un momento attorno e picchiettò quei vetri leggeri.

Ci aprí una vecchia, piccola, ossuta, ravvolta in uno

scialle nero che le inghiottiva la faccia. Nonno la squadrò rapidamente e mi afferrò forte il braccio, stringendolo da farmi male.

– Comare Lenú!

– Leò! – fece quella aprendo appena gli occhi stanchi di pianto. – Siete venuto da Milano!

Nonno Leonardo le prese le mani strizzando i suoi occhi per cercare di scacciare il pensiero. Lei ci voltò le spalle e ci guidò nella stanza buia.

Nella sala c'era la bara con dentro Ciccillo, vestito per l'ultima volta elegante, con la camicia bianca, le scarpe lucide, i capelli folti ravviati all'indietro.

Le persiane erano serrate e le candele attorno gettavano una luce opaca. La moglie di Ciccillo piangeva silenziosamente nell'angolo del divano, ogni tanto si alzava per asciugare con la punta del fazzoletto la bocca del morto. Attorno c'erano una quindicina di persone.

Da dietro ci bussò un altro vecchio.

– Pasquà! – disse il nonno soffocando la voce.

– Leonà! Bravissimo che sei venuto! Aveva chiesto di te tante volte.

Nonno Leonardo si appoggiò al muro con la mano sugli occhi. Pasquale si soffiava il naso coprendosi la faccia. Guardavo per terra. C'era odore di chiuso e avrei voluto sentire il rumore del mare.

Il nonno agitava le spalle con la fronte appoggiata alla parete. Non l'avevo mai visto piangere. Né lo vidi quel giorno perché si girò verso di me solo dopo essersi calmato e passato piú volte il fazzoletto sulla faccia. Aveva gli occhi stralunati quando mi afferrò ancora il braccio e mi fece cenno di andare via. Abbracciò la moglie di Ciccillo e lei gli accarezzò la faccia ripetendogli: – Grazie Leò che siete venuto da Milano –. Lui scosse la testa stringendo le mani

a tutti gli altri. A ruota faceva lo stesso Pasquale, e ultimo
io. Pasquale andò a baciare la fronte di Ciccillo. Nonno
pure si avvicinò all'amico, ma senza riuscire a sfiorarlo.

Uscimmo tirandoci dietro la porta dai vetri fragili. Sulla
soglia un uomo in giacca grigia appendeva coccarde tutt'in-
torno all'ingresso. Di fianco alle persiane attaccò l'annun-
cio della morte, con le solite parole uguali per malfattori
e galantuomini.

'Mbà Pasquà e nonno Leonardo si parlarono solo nei
pressi di casa, quando rispuntò il viale brulicante e il sole non arroventava piú. Rimasi qualche passo indietro, un
po' stordito tra il caldo e quello spettacolo che stringeva
lo stomaco. La strada e le vecchie erano ancora lí, come
se la morte di Ciccillo non avesse impoverito anche loro.

– Com'è che non è venuto nessun altro, Pasquà?

– E chi si vede piú? Tutti a casa. Chi non si muove, chi
vive coi figli come Ciccillo, chi non se ne frega piú niente
di nessuno. Siamo all'ultima canzone! – disse picchiando
il bastone sul marciapiede.

– E quando arrivi al capolinea te ne freghi pure della
morte dei compagni?

– Siamo troppo vecchi per pensare alla morte degli altri, – disse in dialetto stretto.

– Come è morto?

– Nel sonno, – disse a bassa voce. – Alla nostra età andiamo cercando solo la scusa, – e ribatté il bastone.

Si era alzato un alito di vento piú fresco e davanti am-
mutolirono per respirare a fondo quegli sbuffi d'aria buona.
Non ne potevo piú del caldo che faceva sudare, di quella
casa sgangherata, di incontrare vecchi a ogni angolo. Non
ne potevo piú di stare con loro.

– Come l'hai saputo fino a Milano, Leò?

– Non l'ho saputo. Sono venuto per riordinare casa mia. Oggi avevo deciso di andare a salutare Ciccillo, sono entrato e ho visto quello che hai visto tu.

– Madonna del Carmine, che brutta cosa!

– Brutto assai questo colpo, Pasquà, – disse il nonno scuotendo la testa. – Brutto per davvero.

Arrivammo in via Cavour. I due compari si salutarono appena, certi di rivedersi domani per il funerale.

Se quel pomeriggio al posto di una domenica torrida storpiata dalla morte di Ciccillo fosse stato un giorno qualunque delle estati dell'infanzia, io e Giovanni rientrando a casa a quell'ora avremmo trovato la nonna che cuoceva i *munacèd*, lumache di campagna che si raccolgono sui muri dei trulli, sulle capanne degli attrezzi, sui tronchi d'olivo, tra l'erba secca. Li andavamo a cacciare certi giorni che il mare era cenerino e il vento alzava sabbia. Nonno Leonardo, mentre noi andavamo a toglierci il costume, tirava fuori dal portone il *motòm*, la sua moto rossa, cosiddetta dal nome della marca pronunciato alla barlettana. Ci metteva dietro Giovanni e mi diceva di seguirli in bicicletta. Lui stava piú esterno per proteggermi dalle macchine e soprattutto da trattori e motozappe che ci superavano. Dopo le vie abitate iniziava un lungo viale di cipressi e qui il nonno mi faceva attaccare alla sua spalla. Allora, senza che facessi nulla, i filari cominciavano a scorrere veloci e anche la salita diventava divertente.

– Leò, ma allora la tieni ancora quella casa? – disse Pasquale richiamando il nonno.

– Statti bene, Pasquà, – rispose lui senza fiato dall'angolo della via. – Meno male che a te ti ho visto vivo.

Per tutta l'altra strada il nonno camminò fiacco, strascinandosi come suo figlio. Salendo i gradoni gli si ingrossò come sempre il respiro. Sulla mano che afferrava la ringhiera gli si gonfiavano grosse vene viola e alla fine di ogni rampa bestemmiava la madonna e si prendeva a pugni il petto. Era il suo modo di piangere Ciccillo.

Papà dormiva a petto nudo in camera dei nonni. La cisterna continuava a gocciolare. Nonno Leonardo prima di entrare in casa passò dalla vicina a dirle che la cena era saltata e che ci saremmo visti domani dopo la perizia dell'agenzia. La vicina a detta del nonno rispose di non preoccuparsi, dicendo solamente che l'appuntamento col notaio l'avrebbe al limite disdetto domani stesso.

Nonò si lasciò cadere sulla sedia senza riuscire a scrollarsi di dosso quell'espressione, stanca di mare e morte. Si slacciò i primi bottoni della camicia e si arrese all'aria piú fresca che arrivava da fuori e riempiva la sala. Le mani forse volevano sbattere ancora sul tavolo, la bocca bestemmiare. Invece i pugni si riaprivano vinti dall'evento della morte di Ciccillo, che richiamava la paura della sua morte e il dolore che con lui sarebbe scomparso il mondo della casa al mare.

Si rimise i pantaloni bluastri di cotone, quelli che prima usava per lavorare in campagna, e andò a stendersi vicino a suo figlio.

Tutto il tempo si era sballato. L'ordine della giornata, il sonno, i pranzi, scombinati nella successione ingarbugliata di incontri e ricordi in cui si continuava a inciampare maldestramente. E la mancanza di una donna che ci aiutasse a stare calmi e non mandare tutto all'aria, certo la sentimmo tutti e tre.

Rimasi ancora solo nella stanza. Il sole si abbassava rapidamente. Ero frastornato ed esausto di avere addosso sempre quella sensazione di stordimento, di sonno disordinato.

Appena le molle del materasso si piegarono sotto il peso del nonno si sentí papà salutare babbo e alzarsi di scatto.

– Ciao Nicola. Scusa, sono crollato.

Abbassai le labbra.

– Be'? Come è andata?

– Siamo andati a trovare Ciccillo e l'abbiamo trovato morto.

– Cristo! – ripeté piú volte con la testa buttata in avanti.

Mio padre da quel momento tornò impassibile. Realizzare lo sconforto del padre, il suo abbattimento di fronte alle perdite che in quei giorni gli saltavano in faccia come gatti randagi lo ridestò in uno stato di vigilanza e di severità di capofamiglia che durò per tutto quell'altro poco tempo che passammo insieme.

Mi chiese altri particolari su Ciccillo a cui non seppi rispondere. Anche papà era afflitto che di là babbo non stesse dormendo. Che forse piangeva.

Presi in mano Proust e gli mostrai la fotografia del Cremlino. Sorrise. Pensai ancora con rabbia che papà non aveva piú nessuno con cui scattare una foto simile. E che ai miei amici nemmeno io stavo raccontando piú niente.

Dopo altro silenzio mi disse: – Usciamo?

– Lasciamo il nonno qui solo?

Abbassò le labbra anche lui.

Nel bagnetto mi lavai con la solita acqua fredda che un po' scacciò lo stordimento. Nella ventola penzolava ancora una penna di piccione e su alcune mattonelle verde acqua si stendevano ragnatele grandi come lenzuola. I piedi strisciando sul pavimento diventarono come al solito neri.

Dalla finestrella dei *marnaríd* arrivava la voce di un uomo che gridava in dialetto ai figli di stare zitti per ascoltare le notizie sportive.

– Avete avvisato questi qua? – disse papà guardando la porta dei vicini.

– Ci ha pensato il nonno.

– Meno male.

Ripercorremmo io e lui la strada della prima sera, quando sentivamo addosso una stanchezza non amara.

Visto che io e mio padre quando siamo soli non ci diciamo mai niente e visto che non ci parlammo nemmeno quella sera, camminai guardandolo di sbieco, senza staccargli un momento gli occhi di dosso. Si capiva che lui cercava in giro pezzi di sé, dei suoi anni di scuola, della sua giovinezza. Nonno no. Nonno Leonardo cercava un porto sepolto, la sua città sotto il mare che per il crollo improvviso di un'onda riaffiorasse in superficie. Invece io, che in quella città avevo solo ricordi di bambino e di ragazzo – niente memoria concreta, solo atmosfere – non potevo che rimanere in silenzio durante le passeggiate verso la Barletta vecchia delle lanterne e dei sampietrini, aspettando di afferrare al volo un loro ricordo per tradurlo nella mia lontananza da quel passato. Questa fu la cosa piú bella di quel viaggio, tradurre per capire quello che ancora mi appartiene. Quello che è mio nonostante sia soltanto un riflesso.

In quei giorni papà mi raccontò cose che già mi avevano raccontato i nonni, altre volte mi parlò di sé, e qui sentivo che in quelle confidenze ci riversava la speranza che potessimo avvicinarci presto in una nuova amicizia. Cosí se mi indicava un angolo dove aveva portato una ragazza o dove avevano rotto il vetro di una casa con un pallone, e quell'angolo per caso era un brandello di città vecchia già scoperto dal nonno, sentivo che certi ritagli di spazio sono destinati a far ingorgare il tempo, e che i tempi a volte

si insaccano gli uni negli altri, impastoiandosi, imbastar-
dendosi senza possibilità di sbrogliare gli strati che si sono
schiacciati uno sull'altro. Piú passavano i giorni piú questo spazio insaccato si estendeva fin dentro le vie scoscese
della città vecchia, fino in certi vicoli male illuminati che
sgattaiolano al mare. Solo lí, forse, le cose ritrovavano una
quiete. Solo davanti al mare il tempo sembrava incapace
di fare lo sciacallo.

Superammo la statua di Eraclio, la chiesa del Rosario,
le strade gialle di lanterne che dopo alcuni sali e scendi
arrivano sulla via del mare. Sotto le palme c'erano i soliti
camioncini e crocchi di gente che beveva birra. Parlammo
appoggiati alla stessa ringhiera del giorno prima. Ancora
del povero Ciccillo, del funerale, dell'incontro di domani
col perito. Papà disse che sarebbe stata un'altra giornata
d'inferno e che, per come si erano messe le cose, era meglio andarsene martedí. Lui una volta arrivato a Potenza
avrebbe cercato di anticipare il suo incontro di lavoro.

Sulla panchina di fianco alla nostra venne a sedersi una
coppia. Lui faceva dondolare avanti e indietro il passeggi-
no. Lei diceva ogni tre parole «né!, né!, né!» Il bambino
sputava il succhiotto che la ragazza continuava con pazienza a rimboccargli.

Non so bene da quale particolare riconobbi Bianca. Non
so se dai capelli tutti arruffati sulla faccia olivastra, se dalle nenie fatte solo di «né!», o piú probabilmente dal seno
che le tirava la camicia. Nemmeno so se la riconobbi per
un particolare. Mi voltai verso di lei ed esclamai: – Bianca!

L'uomo scattò in piedi. Lei mi guardò inebetita senza
rispondermi.

– Sono Nicola! Ti ricordi?

– Ah, sí, Nicola, – rispose immobilizzata.

Il marito sentendo il mio nome si avvicinò. Frenai l'entusiasmo.

– Come stai? Abiti ancora in via Garibaldi? – chiesi piú timidamente.

– No. Adesso abitiamo in un altro posto, – rispose lei sempre senza guardarmi.

Papà si allontanò di qualche passo.

– Quando eravamo piccoli giocavamo insieme, eravamo vicini di casa. Dirimpettai... – dissi al marito cercando di familiarizzare.

– Sí, lo so chi siete, – mi rispose quello.

Mi presentai tendendogli la mano e quello me la strinse schiacciandomi le dita. Lei aveva ormai la faccia dentro la carrozzina. Decisi di rischiare, forse perché sapevo che mio padre era lí a pochi passi.

– Che bel bambino, – dissi sporgendomi verso la carrozzina. – A te invece ti trovavo piú simpatica un po' di anni fa.

– Né! Russo, *sciatavín*! – gridò quello facendosi avanti. – Tornatevene a Milano, e portatevi pure la casa con tutti i topi che tiene dentro!

Raggiunsi mio padre che fumava appoggiato a una palma, gustandosi la scena con la faccia di Machiavelli. Quando realizzai lo squallore di quell'incontro e gliene parlai lui continuava ancora a ridere di gusto.

Sul marciapiede c'era un venditore d'olive e lupini, nel vano del motocarro aveva tinozze piene d'acqua salata su cui galleggiavano i frutti. Papà comprò un sacchetto di olive che sembravano datteri. Andando verso il porto mi raccontò che capitava spesso di incontrare ragazze a cui non si doveva piú rivolgere la parola. Specialmente se chi le rincontra ha avuto rapporti con queste donne.

– Ma io ci ho solo giocato insieme qualche estate ai tempi della scuola! – dissi. In realtà mentivo.

Con Bianca, è vero, ci avevo anche giocato a pallamuro come se fosse un maschio, ma soprattutto eravamo stati fidanzati per due estati. E a suo modo lei mi parlò anche di convivenza. Fu lei a decidere di fidanzarsi con me, visto che tutti i ragazzini della via le gridavano dietro che le piaceva *u' mlanéis*. Già allora era più alta di me, il seno che increspava le sue camicette e un'espressione malinconica e furba che si insinuò da un'estate all'altra senza preavviso. A me le provocazioni degli amici, a cui si aggregava anche Giovanni, diedero in qualche modo coraggio. La loro, poi, non era cattiveria. Anch'io avrei fatto parte del coro se Bianca avesse scelto un altro, cercando di confondere nel gruppo la delusione dell'escluso. Ricordo il momento della dichiarazione ufficiale. Bianca all'ennesimo coro contro di lei scatta in mezzo alla strada, ruba la palla a un tale Ruggiero, la sequestra e grida: – Nicola è il mio fidanzato e quando sarò grande andrò a vivere con lui sui grattacieli di Milano! – Prende la palla e la rinvia da portiere professionista in fondo alla via. Gli amichetti rimasero prima ammutoliti, poi, realizzando che la palla stava finendo giù dalla discesa, scapparono via.

– Vedrai che adesso che lo sanno non gliene importerà più niente, – mi disse con aria esperta. E Bianca era veramente più esperta di me nelle cose d'amore.

Quando ci ritrovammo io e lei nella via vuota restai a testa bassa, imbarazzato in quella nuova solitudine a due. Indeciso se restare bambino che rincorre la palla o diventare ragazzo che accarezza le donne.

Non mi ero mai chiesto se amavo Bianca o se mi piaceva solo giocarci assieme. Né se la seconda cosa potesse bastare per la prima. Certo ci stavo bene perché lei mi trattava diversamente dagli altri, facendomi sentire speciale, arrivato da lontano come lo zio d'America o Babbo Natale. È stata la prima donna interessata alla mia vita, affascinata dai miei racconti, curiosa di me, convinta com'era che a Milano non ci si annoiasse mai.

– Anche mia sorella Ada, – mi diceva, – è andata a vivere a nord. Vive a Bologna, che insieme a Milano è un'altra città dove non ci si annoia mai.

Dopo qualche giorno dalla dichiarazione pubblica ancora non ci eravamo baciati. Gli amici della via allora fecero cerchio per dispensarmi consigli di valore. Secondo Michelino non mi aveva ancora baciato perché non le avevo mai portato un fiore, una cosa stupida, tra l'altro, visto che potevo rubarli proprio dal giardino di Bianca.

– Ma che faccio, vado a rubare i suoi fiori per regalarglieli? – gli dissi.

– E che te ne fotte? È il gesto che conta, – intervenne un altro.

Secondo Ruggiero invece non era niente affatto una questione di fiori. Dovevo andare lí e metterle le mani nelle mutande, punto e basta. E non c'era niente da ribattere perché il consiglio se l'era fatto dare direttamente dal padre.

Per fortuna non ci fu bisogno di fare niente. Bianca un pomeriggio mi prese la mano e mi fece entrare nel portone di casa sua. Lí, in quel buio fresco, mi baciò sulla bocca. Io restai fermo e lei appiccicò le sue labbra a ventosa sulle mie. Mi disse col solito tono di superiorità che io non sapevo baciare perché non aprivo la bocca. Io a tredici anni in effetti non l'avevo mai aperta per dare baci. Bianca mi insegnò invece a baciare con la lingua, modo che a me non piaceva granché, tranne quando mangiavamo il ghiacciolo alla frutta. Allora era divertente perché sentivo la sua bocca fredda che sapeva di fragola e lei la mia di arancia.

Un giorno Bianca, dopo che le regalai un centro da tavola della nonna, mi concesse anche di toccarle il seno, ma solo da sopra la maglietta. E fu quel pomeriggio che ci sorprese nel portone la vicina, comare Lina. Rimase sui gradini a fissarci con aria allibita. Io diventai verde dalla vergogna. Bianca invece no, rideva. Mi prese per mano e andò dalla madre a dirle che, visto che eravamo fidanzati pubblicamente, ci baciavamo nel portone. Sua mamma rise e fu contenta di invitarmi a cena.

Quella sera fui educato e gentile, ma poco brillante. La mia esuberanza era tutta nella camicia gialla e nei pantaloncini verde pisello. Bianca invece fu come sempre donna esperta. Disse davanti a tutti che ora anche lei aveva un fidanzato e che tra qualche anno sarebbe stata piú felice di Ada perché sarebbe andata a vivere ancora piú a nord di Bologna. Una vera e propria teoria della latitudine, la sua.

A fine cena la mamma di Bianca mi diede un bacio sulla fronte e la mia fidanzata mi accompagnò fino al portone dove ripetemmo piú rapidamente il nostro rito.

I nonni volevano ricambiare l'invito ma io evitai sempre di portarla in casa. Preferivo lasciarle il mistero della mia vita di milanese.

Durante quelle due estati ci scrivemmo. Poi, dalla primavera dei quattordici anni Bianca non rispose piú alle mie lettere. Capii che mi aveva lasciato e che la prossima estate non avrei piú ritrovato i baci nel portone. E cosí fu. In quella vacanza Bianca non mi salutò nemmeno, mi passava davanti con la sua aria superiore come fossi trasparente. Non so se il fidanzato che prese il mio posto era già il suo futuro marito. Certamente avrà avuto immediato accesso al portone e questo mi diede per tutta l'estate un dispiacere che non sapevo confidare a nessuno.

Mio padre, a cui ovviamente risparmiai i particolari amorosi, provò a spiegarmi quell'imbarazzo. Io ero stato per Bianca un fidanzato molto piú importante di quanto lei, a lungo andare, lo sia stata per me. Sí, perché Bianca dopo di me avrà avuto pochissime altre relazioni, forse solo quella col futuro marito, a cui avrà confidato le sue esperienze, compresa la nostra. E dopo i giuramenti si saranno promessi di chiudere per sempre col passato, quale che sia.

Gli obiettai che era ridicolo, quell'esperienza risaliva alla scuola media. Ma secondo lui non contava niente.

– Certi, poi, non tollerano per nessuna ragione che ci si avvicini alla propria donna. Anche tuo nonno era cosí. Al minimo dubbio menava le mani, come se tutti non aspettassero altro che gettarsi addosso alla nonna, – disse sbuffando.

Una volta – mi raccontò riprendendo la via di casa – il nonno rovinò di botte il venditore di bibite che passava nella sala del cinema. La nonna lo fermò per comprare la gazzosa e quello, visto che la sala era vuota, si appoggiò sul sedile di fianco per darle il resto. Nonno Leonardo pensando che quel poveraccio si fosse appostato per palpeggiarla gli saltò alla gola sferrandogli cazzotti e mandandogli all'aria la bancarella che portava a tracolla. Si accesero le luci in sala, nonna Anna cercò di fermarlo mettendosi a strillare, arrivò gente di corsa...

– Un casino infernale, – continuò papà, – e quando a casa la nonna si è azzardata a dirgli che quell'uomo stava solo cercando gli spiccioli di resto, lo sai il tuo caro nonno cosa ha fatto? Ha preso e le ha tirato un paio di ceffoni per farla tacere. Da quel giorno non è mai piú entrata in un cinema, – concluse tagliando l'aria con le mani.

Capii in quel momento perché ancora oggi quando un nipote le dice «nonna stasera vado al cinema» lei attacca una sequela di raccomandazioni paradossali sul comportamento da tenere in sala.

Rientrammo in casa verso le dieci con mio padre che ancora ridacchiava. – Ti volevo vedere, professore, a fare a botte con quel bestione! – ripeteva sfottendomi, tenendosi con le mani la pancia.

Nonno Leonardo faceva un solitario. Anche a Bollate quando dalla finestra non si vede piú niente lo si trova al tavolo che gira le carte storcendo le labbra.

Aveva i capelli impizzati come quando da bambino lo scompigliavo. Gli abbracciai le spalle e lui questa volta adagiò la testa. A tavola si parlò di Ciccillo, dei *canulícch* da buttare, della famiglia di Bianca, delle olive che prima si raccoglievano bastonando i rami, mentre ora pensano a tutto certe macchine di cui papà ci spiegò il funzionamento.

Prendemmo il caffè solo io e mio padre. Lo bevemmo nei bicchieri sciacquati con un dito d'acqua. Lui andò a fumare sul balcone della cucina e io su quello della sala. Forse sotto di noi quelle crepe malvagie si incurvavano ancora.

– Donne! Accorrete donne, teniamo tutto per la casa, *dtrsív scòup spazzolòun e saponètt!* Accorrete donne!

E appena dopo un'altra voce piú rauca: – Melenzane *paparúl* e melloni! Melloni alla prova!

Procedevano a passo d'uomo un camioncino carico come un pullman indiano e un motocarro di frutta e verdura. Nonno era già sbarbato e vestito, guardava fuori.

– Aspetto a voi, – ci disse mentre facevamo colazione. In faccia i segni di una brutta nottata.

Fu da quel giorno, da quella mattina che nonno Leonardo non mi sembrò piú né guerriero né forte, ma uomo stanco, incapace come tutti di sfidare il tempo. Stanco e dispiaciuto da tanti altri segreti che non mi aveva mai raccontato e che forse non aveva confidato a nessuno.

In fretta tirai su il letto e passai la spugna sul tavolo. Nonno lavò le tazze strofinandoci sopra le dita. Il sole fuori era già caldo e i muri bianchi facevano rimbalzare la luce. Tra poco la strada si sarebbe arroventata peggio di ieri.

Il perito arrivò puntuale. Quando andai ad aprirgli vidi la vicina sporta dalla finestrella. Era dinoccolato, sui quaranta, con un mento puntuto. Strinse la mano a tutti e tre, generoso di sorrisi aperti come tutti gli agenti immobiliari. Meglio precario a vita che agente immobiliare, pensai.

Papà gli mostrò la casa, tirandoselo dietro per ogni stanza. Babbo tornò a sedersi guardando fuori. Dagli occhi assenti si capiva che non ascoltava nemmeno. Adesso sí, era simile al figlio che guarda dal davanzale le case basse di fronte.

Si sentiva papà dalla camera discutere in barlettano. Riteneva necessario questo passaggio al dialetto per la convinzione risaputa che il «forestiero», se si può, si frega volentieri. Il barlettano pure, ma con prudenza. Ecco allora che l'italiano gli tornava scomodo e rischioso.

Il nonno mi mandò a chiedere se potevamo offrirgli un caffè. Quello accettò subito e a me toccò lavare proprio l'ultimo giorno le tazzine delle vetrinette con l'Amuchina.

Tornarono da noi per vedere il bagnetto. Roba di secondi. Poi fu la volta del terrazzo. La scala cosí ripida impressionò molto l'agente che salendo storse tutta la faccia. Sentii lo scroscio della cisterna diventare argentino. L'aveva scoperchiata per controllare che non ci fosse ruggine sulle pareti.

La caffettiera gorgogliava e il nonno respirò il profumo chiudendo gli occhi. Gli tremavano le labbra. Lo andai ad abbracciare e lo baciai sulla fronte rugosa. Con mio padre non ne sarei mai stato capace.

Andammo a sederci al tavolo in sala. Il perito lasciò raffreddare il caffè, alternando dialetto e italiano. Tornava all'italiano se incrociava il mio sguardo o se in dialetto mancava la parola: agenzia, filiale, rogito, impianto... Dalla sua ventiquattrore tirò fuori un blocco di carta intestata e iniziò a fare i conti appuntandosi quello che diceva.

– Mancano, impianto elettrico e impianto idraulico. Questi che avete non sono piú a norma di legge, – tirò una riga. – Sono da rifare, gli intonaci, il pavimento e gli esterni. Poi, le scale della terrazza e il tetto, – altra riga. – Sono da ristrutturare, il bagno e l'ingresso –. E si decise a bere il caffè.

– Ora vi dico i pregi. È vicino al mare, la terrazza è panoramica, i locali e i balconi sono ampi, la cucina è abitabile, è a due passi dal viale, quindi da tutti i servizi e da Barletta vecchia.

– Dunque? – gli disse mio padre.

– Settantamila euro. Non di piú.

– Guardi che è grande, – gli rispose papà in italiano.

– A nostro giudizio non piú di questo –. Scrisse sul foglio la cifra, firmò e lo porse a mio padre. Babbo appoggiò la mano sul braccio del figlio per intimargli di chiudere la discussione.

I saluti furono sbrigativi. Papà lo ringraziò e gli disse che sarebbe passato in agenzia. Ovviamente non ci andò mai, perché la casa al mare la vendemmo senza convinzione ai *marnaríd*, aiutati nella chiusura dell'affare dallo stato di confusione e di sfinimento in cui eravamo precipitati.

Mio padre andò dai vicini che, forse con ingenuità forse sfacciatamente, erano già pronti per andare dal notaio.

– Babbo, quelli lí sono già pronti.

– E io qua sto! – gridò senza voltarsi.

– Tu non vieni?

– No, aspetto qui. Vengo da Ciccillo, – risposi.

Il nonno si trascinò fuori di casa seguendo suo figlio. Il notaio era a Trani. Una volta Bianca mi disse che prima di andare a vivere a Milano voleva sposarsi nella cattedrale di quella città, che è fatta di pietre battute dagli spruzzi delle onde nelle giornate di vento.

Come al solito corsi al balcone a guardare. Avevo preso l'abitudine delle vecchie sentinelle. Anche nonna Caterina fa sempre cosí quando qualcuno esce di casa, e anche se il suo grembiule è nero non so come riesce a mimetizzarsi alla perfezione dietro la tenda color panna.

Partirono con una macchina sola. Babbo davanti, papà e la vicina dietro. Anche loro avevano una Punto, blu, tirata a lucido per l'occasione.

Uscii di casa anch'io pensando di andare a vedere la chiesa del Rosario. Invece finii nelle vie del mercato, tra donne che strattonavano e carrellini da schivare sollevando i piedi. I mercanti qui gridano tutti, a volte dispongono le parole in versi sapienti come i poeti. I piú bravi sanno essere nello stesso tempo rozzi e ruffiani peggio dei marinai. Ma soprattutto sanno guardare in faccia il cliente e coglierne il particolare per apostrofarlo e attrarre l'attenzione della gente attorno.

Di me adocchiarono subito l'aria assorta e distratta che mi portavo addosso. Tutti cosí si rivolsero a me in italiano, lingua estranea al mercato di Barletta quanto un qualsiasi idioma scandinavo. Dai camion di formaggi, da dietro i bancali di frutta mi chiedevano di dove fossi chiamandomi «ragazzo» e non «*uagliò*». Non capivo se in faccia portavo scritta anch'io la mia origine milanese o semplicemente mi si leggevano i segni dell'estraneità.

Superai l'ultimo banco con accatastate reti di cozze da cui spuntava il giallo dei limoni. Arrivai in fretta sotto la statua di Eraclio accerchiata da bambini. Appoggiati alla chiesa c'erano come al solito vecchi sfaccendati a frescheggiare. Tirai dritto per altre strade strette, fino a che sbucò davanti il mare. Di fronte si apriva uno spiazzo sterrato con al centro un chiosco di giornali e dopo ancora il marciapiede di palme che dà sulla sabbia. Il mare era pieno di cerchi di sole.

Comprai il giornale e scesi in spiaggia. C'erano solo alcuni studenti a casa da scuola, pronti a buttarsi in acqua insieme alle compagne che erano scese fin lí insieme a loro.

Mi tirai su i pantaloni fino al ginocchio e mi tolsi la ma-

glietta. Camminai ancora con la mia pelle mozzarellosa subito calda di sole. Il porto si avvicinava. Mi guardai sotto
i pantaloni. I boxer erano neri, potevo anche farlo. Appal-
lottolai tutti i vestiti sotto il giornale e mi buttai in corsa.

In acqua non c'era nessuno. Solo in lontananza gli studenti che si spruzzavano. I loro gridi si sperdevano in
quell'aria chiarissima e non li percepivo diversamente da
quelli dei gabbiani vicino alle teleferiche.

Nuotai in quell'acqua sempre bassa e sempre torbida.
Adagiai indietro la testa e mi passai le mani tra i capelli. Non avevo piú un posto dove tornare. L'immaginario
rimuoveva uno spazio buono per rigenerarsi dalle mitra-
gliate dei giorni uguali. Milano e nient'altro che Milano,
come se la mia vita fosse la continuazione di un'apparte-
nenza secolare. Stare e nient'altro che stare. Eppure la città vista dal mare, le palme, le facciate a scaglie, la schiena delle case di Barletta vecchia aggrumate una sull'altra
non mi appartenevano se non perché ci ritrovavo echi di
quei due, scatti di memoria sbiancata. Eppure piangevo.
Eppure sentivo di essere anch'io lo sradicato, di esserlo
sempre stato. Seme piantato in terra ancora fredda, ecco
cosa sono. Illuso di aver studiato e viaggiato per avere di
piú di un contadino analfabeta, di piú di un ragazzo emi-
grante presto invecchiato.

Mi misi a nuotare. Le mani non sfioravano piú la terra
del fondale. Il mare si era aperto, piú freddo e azzurro.
Piangevo senza riuscire a calmarmi, senza saper prendere direzioni.

Attraversando la strada coi vestiti appiccicati alla pelle e
i capelli gocciolanti vidi passare i pullman blu che portano
nei paesi vicini. Prendendo il numero 2 si poteva arrivare
a San Ferdinando in una ventina di minuti.

A casa trovai papà e nonno che mangiavano cetrioli col sale. Mi guardarono straniti.

– Be', che c'è? Ho fatto il bagno... – dissi. Riabbassarono la testa nel piatto. – Allora? – chiesi.

– La frittata è fatta, – disse il nonno. Avrebbe ripetuto quella frase per tutto il giorno. Fino allo sfinimento.

– Abbiamo firmato la promessa di vendita. Tornando da Potenza ripasserò di qui per firmare il compromesso. Se poi c'è altro da fare, e ci sarà, verranno giú gli altri. Io no.

– La cifra è rimasta quella? – chiesi tirando fuori dalla valigia il necessario per farmi la doccia.

– Sessanta. Tuo nonno si è fatto impietosire dai *marnaríd*.

– La frittata è fatta, – ripeté a bocca piena.

– Muoviti che tra un'ora dobbiamo uscire di casa, – concluse papà. – Se vuoi ci sono degli avanzi. Non lasciamogli anche il frigo pieno a questi qui.

– Una cannonata il provolone, Nicò.

– Non ho niente di scuro oltre la maglietta, – dissi.

– L'importante è che vieni ordinato.

Andai nel bagnetto a togliermi il sale di dosso. Papà tirò fuori l'abito nero che la mamma gli aveva steso in fondo al borsone. Nonno mise il suo color nocciola. Mi infilai la maglietta dentro i pantaloni e pulii le scarpe da tennis con lo straccio del pavimento. Nonno Leonardo mi guardò annuendo. Ero ordinato.

Riuscimmo a parcheggiare nelle vicinanze della chiesa di San Filippo. Il carro funebre era in mezzo a quel sagrato in tutto identico a un cortile di periferia. In ogni angolo batteva un sole feroce che si mangiava l'ombra. Riconobbi le persone di ieri. Sulla prima panca c'era la moglie di Ciccillo inghiottita nello scialle. A detta del nonno Ciccillo aveva accettato il funerale religioso per non «mettersi a fare questione con la moglie e la famiglia». Cosí era già rassegnato a fare anche lui.

Nonno sentí la messa in seconda fila con Pasquale e Nandín, che spuntò all'ultimo, ingobbito e zoppicante. Erano i tre superstiti del Cremlino.

Della messa non ricordo niente se non una serie di movimenti, in piedi-seduto in piedi-seduto. Movimenti che anche mio padre compiva con grande fiacca. Mentre noi ce ne «andavamo in pace» i becchini vennero a prendersi la bara e la trasportarono senza sforzo dentro il carro. Al cimitero arrivammo in una ventina. I tre compagni trovarono la forza insieme a un figlio di caricarsi per qualche metro la cassa sulla spalla.

In un attimo, mentre in pochissimi continuavano a mugugnare dietro gli occhiali da sole, la bara sparí nel loculo. Un uomo con secchio e cazzuola tirò su una fila di mattoni che ne coprí la vista. Muoveva le mani velocemente, con gesti precisi, concentrato per non sentire quei piagni-

stei che dovevano riuscirgli fastidiosi. Poi prese una scopa
e accatastò in un angolo tutti i fiori portati per Ciccillo.

I tre compari si salutarono un'ultima volta con gesti
lenti. Pasquale e Nandín si incamminarono dalla parte
opposta alla nostra. Il nonno non li avrebbe visti mai piú.

Appena la macchina partí nonno Leonardo disse: – Be',
adesso muoviamoci a fare le valigie e ad andare via prima
che succede qualche cos'altro.

Era esausto. E lo era anche papà.

– Andiamo a riposarci. A casa guarderemo l'orario dei
treni di domattina, – disse secco.

– Devo prenderne uno presto, cosí mi porto avanti –.
Anche col treno bisognava portarsi avanti.

Dietro la porta trovammo un cesto di pomodori e una
forma di provolone. In mezzo c'era anche una busta da
lettera non sigillata. Papà la aprí:

Grazie per la vostra umanità.
Famiglia Marino

Le persiane avevano riparato dal caldo. La cisterna scrosciava ancora. Nonno Leonardo gettò la giacca sulla sedia
e si scamiciò. Andai a preparare una caraffa di limonata
dolce. Appoggiai la testa sul tavolo guardando il cucchiaio
ingigantito dall'acqua e la polvere di zucchero che roteava
senza sciogliersi. Ne bevemmo tutti e tre.

– Adesso è proprio ora di tornare a casa, – disse di scatto
facendo leva con le mani sulle ginocchia. – Adesso è proprio ora di tornare… – ripeté in corridoio, non piú gigante non piú guerriero.

Di là in camera da letto si sentí trambusto di cassetti
che si aprono, ante di armadio che sbattono e respiro del
nonno che si gonfia. Papà chiudeva gli occhi per non sen-

tire. Stetti ancora un poco imbambolato a guardare dentro la caraffa, poi mi decisi ad andare a vedere. C'era caldo e buio, come nella casa di Ciccillo. Nonno Leonardo buttava roba nella valigia appallottolandola e lanciandola alla rinfusa.

– Poi mette a posto tua nonna, – disse senza guardarmi.

La faccia gli avvampava, dalla fronte gli scendevano gocce di sudore che sembravano lacrime. Mi feci coraggio, perché un'ultima volta mi parve grosso e spaventoso, buono ancora a scaricare la rabbia in raffiche di pugni.

– Nonò, basta! Calmati, – e gli presi le braccia vibranti di nervi e muscoli ancora duri. – Basta! Calmati, ti dico! – gli ripetevo.

La resistenza fu breve. Si lasciò presto imprigionare le mani e trasportare come in un ballo fino ad arrivare sulla sedia di fianco al letto, dove si lasciò cadere. Per la prima volta dal tempo immemore in cui lo abbracciavo fu lui ad appoggiare la testa sulla mia spalla. E lí mi sentii uomo, al di là di quello che pensavano mia madre e mio padre. Uomo dalle spalle ossute ma buone lo stesso a consolare.

– Non ci sta piú niente e nessuno. Abbiamo perduto tutto, – singhiozzava. Il respiro gli impazzò lí dentro. – Forestiero a casa mia, Nicò!

– Calmati Nonò, su.

– Adesso non possiamo proprio piú ritornare.

– È cosí per tutti, – gli dissi senza convinzione.

– Ma vattene via pure tu! È cosí per i coglioni! Per i pezzi d'asino come noi! – e si soffiò il naso. – Quando tra poco creperò l'ultimo pensiero sarà quello di aver vissuto da coglione. Creperò senza lasciare niente, senza che potrete piú capire niente!

Se ne tornò in sala e spalancò le persiane che sbatterono contro i muri del balcone. Dalla camera sentii che si era seduto e che agitava la caraffa strisciandola sul tavolo. Poi d'improvviso arrivò profumo di caffè.

– È pronto, – disse papà per farsi sentire.

Versò il caffè nelle tazze delle vetrinette e ci guardò come si guardano due figli da rimproverare.

– Domani c'è un treno per Milano alle sette e dieci.

– Io me ne parto stasera, – ribatté suo padre.

– Tu parti domattina perché è da incoscienti viaggiare di notte alla tua età.

– Incoscienti siete stati voi a farvi crepare tutto tra le mani! – Papà non rispose, scosse solo la testa.

– Io già che ci sono mi fermerei un paio di giorni a San Ferdinando, – dissi. Mi guardò sfinito. – Non so neanch'io quando ripasserò qui. Non vedo la nonna da quattro anni e l'ultima volta non sono nemmeno passato a salutarla.

– Sarebbe meglio che tornassi a casa a cercarti un lavoro per l'estate, – rispose senza guardarmi.

– Invece è buono che vai a trovare tua nonna, – intervenne babbo.

– Fate quel diavolo che volete.

Ci tolse le tazzine e le lasciò cadere nel lavandino. Spinse il tavolo verso la cucina, tirò fuori il letto e si gettò sopra.

Riposammo tutti e tre un paio d'ore lasciando squillare il cellulare di papà sotto il cuscino. Fu un sonno di alleggerimento, che confuse per qualche ora quelle immagini di caldo torrido e camposanto. Pensai che tutti e tre eravamo certi di non tornare piú.

Ci svegliammo che il cielo era rosso. Quell'ultima sera fu piena di un sentimento di sconfitta che a babbo faceva ticchettare in continuazione le dita sul tavolo e a papà chiudere gli occhi mentre parlava.

Si dovette discutere a lungo anche per capire dove cenare. Nonno Leonardo ritirò fuori l'idea di partire di notte come un ladro, insistendo che non voleva mangiare perché è da ingrati pensare a se stessi il giorno in cui muore un amico. A mio padre andava bene arrangiarsi con l'ennesimo panino. Io volevo addirittura tornare da Ninetto per chiudere dignitosamente quei giorni di convivenza nella casa al mare. Provai a spiegare al nonno che il rispetto dei morti è un'altra cosa dal digiuno, e lui, dopo avermi ascoltato con la fronte aggrottata, mi rispose: – Quante te ne sei imparate a forza di andare a scuola...

Riuscii a spuntarla io. Papà accettò abbassando le labbra, aggrappato alla certezza che domani non ci avrebbe piú avuto tra i piedi.

Camminando in fila si ripresentarono le vie delle lanterne e ancora prima il viale con la sua vita nuova. E le vecchie e la schiena della chiesa e le mamme coi bambini e i bambini coi gelati. Sembrava che cose e persone fossero uscite per salutarci.

Il nonno camminava davanti a noi a passo strascinato. Ninetto spuntò in fretta e senza sorpresa. Niente si faceva piú cercare.

Ci sedemmo al primo tavolo che ci finí davanti, di fianco a una coppia di mezza età che non si rivolgeva parola. Arrivò un altro cameriere, non vispo non giovane. Il nonno ordinò per tutti lo stesso piatto senza farsi portare nemmeno le liste.

Nei buchi di silenzio pensavo a nonna Caterina e nonna Anna, che erano tutte e due rotonde. Ma nonna Caterina non superava il quintale come nonna Anna e non era nemmeno cosí espansiva e teatrale, ma timida e incapace di sostenere lo sguardo degli altri. Sempre pronta a chinarlo sui ferri e sui fili di lana che si annodavano da soli tra le dita. Nonna Caterina non aveva nemmeno un figlio vicino, due a Milano e una a qualche chilometro da San Ferdinando. E quindi neanche nipoti. Quell'altra invece non sapeva che volesse dire la solitudine anche se lamentava di patirla da sempre. Nonna Caterina se ne stava tutto il giorno a rimuginare e meditare chissà che cosa fissando gli uncini. Probabilmente i suoi pensieri cercavano di trovare risposte alle provocazioni degli altri. Per lei era quello il peggio dell'uomo, la voglia di fottere e raggirare.

Un mattino – avrò avuto dieci anni – la vidi alle prese con il prete di paese che si era fermato a chiacchierare con le comari della via. Eravamo io e lei sul marciapiede di casa a stendere. A ogni panno le passavo una molletta. Il prete finí subito a parlare del raccolto. Disse che quello delle pesche era andato male per colpa del diavolo, mentre quello dell'anno scorso, grazie a Dio, si era concluso bene per tutti. Nonna Caterina obiettò davanti alle vicine che le cose andavano sempre male per colpa del diavolo e bene per merito divino.

– Troppo comodo questo fatto! Spiegate bene perché!

A quell'obiezione degna di Voltaire il prete farfugliò e la nonna lo guardò ciondolando la testa, gli diede le spalle e continuò a stendere cantando: *Com'è com'è | che questo bellimbusto | è capitato proprio a me? | Com'è?*

Il prete rimase impettito in mezzo alla via. Il pubblico si divise, due con lui e una con la nonna, tale comare Marietta.

– Il diavolo non esiste! – intervenne Marietta.

– Esiste eccome! – risposero le altre due.

Quando il prete se ne andò a passo veloce dando appuntamento in chiesa, dove avrebbe chiarito a tutti l'ontologia del demonio, la nonna cantava ancora a voce alta la sua arietta di sfottò.

Nonno Leonardo non passò piú dentro a salutare Ninetto perché gli addii si danno una volta sola. Lasciammo i soldi al cameriere e riprendemmo la via di casa.

– Allora ci torni tu dal notaio? – chiese il nonno camminando.

– E chi vuoi che ci vada, babbo.

– Quando ci sarà da tornare ancora verrà Lilia, me lo ha promesso.

– Speriamo.

Qualcuno abbassava la saracinesca di un negozio, voci della televisione arrivavano dalle case sulla strada.

A chiudere le valigie non ci volle molto e anche con tutto quel male di vivere e quel respiro grosso babbo si mise a tirare fuori i vestiti appallottolati e a ripiegarli ordinatamente. Sulla sedia di fianco al letto appoggiò canottiera e camicia per il viaggio. Mentre lavavo le tazze papà ordinò anche la mia borsa.

Dopo aver sbrigato tutto ognuno restò da solo nella sua camera assetato di silenzio e solitudine che ci eravamo rubati uno all'altro. Uno con l'altro. Papà fumava in sala, io in cucina, entrambi guardando lo stesso balcone di fronte. Nonno Leonardo si sporse dalla porta del corridoio per dirci buonanotte. Mi sembrava di non dormire da settimane.

Arrivò il giorno di andarsene. Entrammo un'ultima volta nel bagnetto per lavarci sotto la doccia fredda. L'acqua usciva sempre piú lenta dai tre buchi ruvidi di ruggine. Mentre papà si sbarbava nonno accatastò le valigie e sciacquò le tazzine lasciandole sgocciolare sul piano del lavandino, dove le dimenticammo. Ripassai lo straccio per terra. Ancora si appiccicava, ancora alzava polvere e intorbidava l'acqua del secchio.

– Dài, chiudi le persiane, – mi disse nonno Leonardo. La giornata azzurra rimase di colpo fuori dalla casa non piú nostra. Lui si avvicinò e tirò lo spago per stringere le due maniglie. I vetri fragili di nuovo traballarono. Tutto ancora arrancava senza spezzarsi. Anche le figurine di Tom e Jerry erano rimaste lí, penzolanti e scolorite. Non si capisce mai quanta vita avanza alle cose, non si capisce mai niente, pensai.

– Io chiudo il gas, – disse papà.

Nonno Leonardo tirò la porta verso di sé con una mano e con l'altra girò la chiave.

– La terrazza sta chiusa?

– Sí, ho controllato io. Non c'è neanche un piccione, – rispose il figlio.

– Quella rete è tosta.

Il nonno suonò il campanello dei *marnaríd* e papà lo guardò perplesso.

– Ha detto lei di suonare.

Uscí la signora coi capelli rossi ancora un po' scarmigliati.

– Ciao Teresa, state bene. Salutate i bambini.

Lei si avvicinò per baciare il nonno. A noi ci guardò senza slancio.

– Tanto ci rivediamo tra qualche giorno, – disse mio padre per tenerla a distanza.

Spuntò anche il marito, già sbarbato e pronto per uscire.

– Grazie per la vostra umanità, anche da parte dei bambini, – disse appoggiato alla spalla della moglie.

Sorridemmo appena e lui si avvicinò lo stesso per baciarci.

– Ci vediamo per il compromesso e ci sentiamo per telefono, – disse mio padre trovandoselo addosso.

– Fate buon viaggio, – gli rispose lui.

Presi la valigia del nonno e trotterellai giú al portone. Fuori ci voltammo a guardarci nello specchio uno di fianco all'altro. Avevo la barba da tagliare.

Il cielo era luminoso. L'aria sulle braccia mi intirizziva la pelle calda. Passò nella via un trattore guidato da un uomo in mutande che già fumava.

– Peccato a non salutare Filomena, – disse nonno Leonardo guardando la saracinesca di 'mbà Vcínz.

– Sí, peccato, – risposi.

Dal finestrino entrava vento salmastro.

– Puttana miseria! – disse il nonno guardando fuori, stringendo quei pugni che non minacciavano piú niente.

– Appena sbagli perdi. Vivere è peggio che giocare a carte.

Era spuntato a sinistra un mare tutto di lacca.

Nel piazzale della stazione la fontana faceva rumore di foglie mischiate dal vento.

– Ci scappa il caffè? – chiesi.

Abbassarono le labbra, ma con piú convinzione del solito. Il bar sbucava direttamente sul binario dove c'era già il cartello «Milano Centrale».

– Allora viene lo zio a prenderti? – chiese mio padre.

– Sí. Tu fai attenzione alla strada e chiama quando arrivi a Potenza e quando ritorni qui.

Annuí.

– E ricordati di portare due fiori a Ciccillo, che me l'hai promesso.

Annuí.

Papà lo aiutò a salire e a prendere posto mettendogli i bagagli sul ripiano in alto. Lo scompartimento era vuoto.

Dal finestrino gli passai una busta da lettera. Dentro avevo messo la foto del Cremlino.

– Guarda che non so leggere, – mi disse in dialetto.

– Lo so.

– Sai che io e Ciccillo, – mi disse affacciandosi, – quando dovevamo salutarci ci dicevamo: «Uè, allora ci scriviamo questa volta, mi raccomando!» «E come no!» rispondeva l'altro –. Quasi rideva.

– Nemmeno Ciccillo sapeva leggere?

– Piú analfabeta di me, se possibile, – disse alzando la mano.

– Mi raccomando, guarda il telefono ogni tanto. Col verde rispondi col rosso chiudi.

Annuí. In un attimo poi il treno scappò dietro la curva dei binari.

– I pullman per San Ferdinando passano vicino alla fontana. Dovete prendere il numero 2, – mi disse l'edicolante della stazione.

– Vuoi che ti aspetto?

– No, va' pure, tra poco passa.

– Mi raccomando non stare tanto. Mamma e Laura sono sole.

– Mamma è contenta che io vada a trovare la nonna.

– Stai buttando via l'estate.

– Senti, non ricominciare.

– Trovati un lavoro prima che inizia la scuola.

– Buon viaggio, papà. Ci vediamo a casa –. Per sbaglio stavo per chiamarlo Riccardo.

Dopo che la Punto amaranto sparí verso il viale di palme mi avvicinai al pullman. Il conducente mi salutò. A chiunque salisse o scendesse diceva «bòngiòrno». I passeggeri si accostavano per chiedergli di fermarsi in un punto non stabilito. Il pullman passò da Margherita di Savoia, costeggiando montagne di sale e grandi vasche d'acqua densa, e poi da Trinitapoli.

Ulivi e nient'altro che lunghe file di ulivi sporgenti fino al ciglio della strada che taglia la campagna. Loro non correvano inghiottiti all'indietro. Rimanevano saldi con i ventagli verdi che si allungano nel sole. Nostalgia di casa non arrivava nonostante tutto quell'abbassarsi di labbra, di silenzi incomprensibili di cui erano stati pieni quei giorni. Nostalgia di casa non arrivava. E gli ulivi scorrevano

lenti. Forse era passato poco tempo per avvertirla, forse
viaggiare con loro non era stato solo andarsi a svuotare le
tasche di sabbia, ma affondare per bene le mani nel ven-
tre caldo delle cose in comune che non ci siamo mai detti.
Sempre pronti a marcare le differenze, a barricarci dietro
i silenzi. E gli ulivi scorrevano lenti. E nostalgia non ne
sentivo. Sentivo invece spavento all'idea di trovarmi ancora altre sere da solo, assente, chiuso in casa a sfogliare
riviste senza trovare parole da dire agli amici, senza trovare parole da lasciare sui fogli. Di vedere sfuggire il tempo come mio padre nella falsa immobilità delle sere al davanzale. E gli ulivi scorrevano lenti. Piú dietro scorrevano veloci filari di vigne come lunghi corridoi che non si sa
dove arrivino. E io nostalgia non ne sentivo perché forse
era quella dov'ero la mia nostalgia, quel mare in cui non
sapevo prendere direzioni, quei grumi di strade dietro i
viali incastonati in un tempo che poteva essere qualunque
tempo già stato. Nemmeno adesso posso dimenticare quegli ulivi che scorrevano lenti.

Ero passato per quelle vie senza potermi fermare. Io
non avevo brandelli di città vecchia da riesumare, amici da accompagnare un'ultima volta. A me quelle strade
non mostravano l'anima cruda del loro passato, erano solo il teatro dell'infanzia smemorata. Le stesse cose che a
me rivelavano un volto, un'atmosfera, a babbo rivelavano un'anima. E arrivava anche a mio padre quest'anima e
lui ci sentiva ancora un ricordo, un affetto, anche se non
diverso da quello che si porta a una vecchia fidanzata con
cui non si riusciva ad andare d'accordo.

In mezz'ora arrivai a San Ferdinando. Attraversai la
piazza. Anche qui vecchi e scioperati ciondolavano tra bar
e panchine sotto i tigli.

Via Venezia è una strada lunga che sbuca dopo la statale 16. Sfilavano motocarri, traini, furgoncini da campagna, ma niente ricordava le vie della casa al mare. I blocchi quadrati delle strade di San Ferdinando hanno qualcosa di piú antico. Come i segni di un abbandono eterno.

Nonna Caterina abita vicino a un negozio di taralli che si vede sbucare dopo via Roma. Da piccolo, quando mi mandava a fare una commissione, mi diceva sempre: – Se ti perdi chiedi del negozio di Peppino, quello dei taralli!

La casa era coperta dall'ombra. Il sole batteva sulla porta di Marietta, la dirimpettaia che l'aveva spalleggiata nella disputa teologica.

Stetti dietro la tenda color panna a guardare nonna Caterina ricamare. Cantava tra le labbra una canzone di chiesa. Si vedeva la cucina riordinata, con gli stracci a quadrettoni che coprivano i fornelli. Di fianco aveva il solito bicchierino di liquore giallo, lo Schumm. Nonna Caterina si è sempre curata ogni accidente con quello, mal di pancia, raffreddori, febbri. Un bicchiere di Schumm a digiuno, sempre, per sempre.

Cantava senza accorgersi di me, che avrei potuto essere un ladro, un malintenzionato. Mi mordevo le labbra a pensarla per la serie innumerabile dei giorni in quella solitudine abbandonata in quell'altra solitudine piú grande del suo paese di contadini.

Un uomo si fermò a guardarmi.

– Nonna! Nonna Caterina! – chiamai di scatto alzando la tenda.

Spalancò l'occhio buono e aggrinzí quello che non funzionava piú.

– Oddio! – cominciò. – Oddio!

Buttò i ferri nel sacchetto appeso alla sedia. Mi venne incontro traballando sulle gambe. Era ancora piú alta di me.

– Oddio, mio Dio! – ripeté gridando. Ci abbracciammo a lungo. Mi prese le spalle per guardarmi meglio. Le labbra sottili le finivano nella bocca senza denti.

– Farabutto! Senza nemmeno avvisare! Cosí mi va sossopra il cuore!

– Tanto hai lo Schumm, – le dissi ridendo.

Tornò a sedersi. Mi misi di fronte a lei su un'altra sedia.

– Be'? È proprio vero che sei professore? – disse cercando i suoi arnesi nel sacchetto.

– Sí, ma senza lavoro.

– Arriverà.

Riprese a sferruzzare.

– Quanto ti stai qui?

– Poco, nonna.

Abbassò la testa sui ferri.

– Però se vuoi ti porto con me a Milano. Sai la mamma come sarebbe felice!

– E no, ragazzo, a me piace cosí tanto starmene a casa mia! – disse alzando la faccia illuminata di contentezza.

Einaudi usa carta certificata PEFC
che garantisce la gestione sostenibile delle risorse forestali

Stampato per conto della Casa editrice Einaudi
presso ELCOGRAF S.p.A. - Stabilimento di Cles (Tn)

C.L. 25318

Edizione

2   3   4   5   6   7

Anno

2023   2024   2025